新\时\代\中\华\传\统\文\化
▪ 知识丛书 ▪

中华楹联文化

主编◎李燕 罗日明

应急管理出版社
·北京·

图书在版编目（CIP）数据

中华楹联文化/李燕，罗日明主编．－－北京：应急
管理出版社，2021
（新时代中华传统文化知识丛书）
ISBN 978－7－5020－9206－1

Ⅰ.①中… Ⅱ.①李… ②罗… Ⅲ.①对联—文化研
究—中国 Ⅳ.①I207.6

中国版本图书馆 CIP 数据核字（2021）第 254492 号

中华楹联文化（新时代中华传统文化知识丛书）

主　　编	李　燕　罗日明
责任编辑	高红勤
封面设计	郑广明

出版发行	应急管理出版社（北京市朝阳区芍药居 35 号　100029）
电　　话	010－84657898（总编室）　010－84657880（读者服务部）
网　　址	www.cciph.com.cn
印　　刷	天津盛奥传媒印务有限公司
经　　销	全国新华书店

开　　本	710mm×1000mm$^1/_{16}$　**印张** 7　**字数** 96 千字
版　　次	2022 年 1 月第 1 版　2022 年 1 月第 1 次印刷
社内编号	20210839　　　　　**定价** 29.80 元

序 言

中国人对楹联并不陌生。欢度春节时，家家都要张贴春联；游山玩水时，会看到名胜古迹中的楹联；婚丧嫁娶时，有些地区也会互送楹联……

两行字数相同的文字，并排放在一起，表达某种意思，这是大多数人对楹联的第一印象。但若问其楹联的文化内涵和规范，可能很多人就回答不上来了。

难道楹联文化在当今已经失去了作用和意义，不再被人们需要了吗？显然不是的，楹联文化与诗词文化、曲艺文化、美术文化、音乐文化一样，都是中华传统文化的重要组成部分，无论在哪个时代，都具有学习和传承的价值。

楹联形式短小，文辞精练，字字珠玑，就像是微小说、微散文一样，属于一种"微文体"。它用极少的篇幅，表达着丰富多样的意义，处处都展现着中华语言文字的魅力。

中华楹联文化既有外在的美感形式，也有内在的丰富内涵。精练的语言，工整的对仗，各类修辞手法的巧妙运用，平仄相谐的独特韵味，这些赋予了楹联文学性和艺术上的美感；内容或短小隽永，或博大精深，或慷慨言志，或饱含哲理，每一副都蕴含着创作者深厚的思想情感，则又是其深沉厚重处。

相比于诗词文化，楹联文化在现代社会的受重视程度显然是不够的，在新时代如何继承和发扬楹联文化，是每一个中国人都应该思考的问题。

要继承和发扬楹联文化，首先就要了解和学习楹联的一些基础知识，这也是我们编写本书的一个重要原因。

　　本书从楹联文化的起源出发，以简洁的文字介绍了楹联的相关内容，从创作规范，到实践应用，再到名人联句赏析，最后到楹联写作，以清晰的脉络将楹联创作的整个流程展现在读者面前。

　　楹联看上去是简单的两行文字，却蕴含着深厚的文化底蕴。让我们一起走进中华楹联的世界，去感受和体验其中的乐趣吧！

目 录

第一章

中华楹联文化探源

一、为什么要学习楹联文化

楹联者，对仗之文学也。这种语言文字的平行对仗，与中华哲学中的阴阳二元观念息息相关。而楹联言简意深，平仄协调，字数相等，结构相同，却又是中文语言所独有的文学艺术形式。因此，楹联文化是我国独有的一种文化，是中华传统文化中的瑰宝。

每逢新春佳节，家家户户都要贴喜庆的春联；每到一处名胜古迹，亭台楼阁上都会有名家撰写的名胜联；为朋友庆贺新婚、为老人祝福长寿时，也会用到婚联、寿联……楹联文化存在于我们的生活中，从古至今，从未消失过。

楹联文化是中华传统文化的一部分。楹联作为一种文学艺术形式，它与诗词歌赋虽在形式上存在差异，但在意义表达和文化传承上的作用是相同的。

上联：对非小道，情真意切，可讽可歌，媲美诗词、曲赋、文章，恰似明珠映宝玉

下联：联本大观，源远流长，亦庄亦趣，增辉堂室、山川、人物，犹如老树灿新花

这副楹联所歌咏的正是楹联文化。楹联作为一种文学体裁，与诗词、曲赋一样，既可用于讽刺，亦可用作歌颂；作为一种传统文化，楹联的内容既可庄重，又可幽默，可以为堂室、山川、人物增色。

学习楹联文化，有助于我们更好地学习中华传统诗文。脱胎于骈文和律

诗的楹联，既有"诗"之韵，又有"文"之味。在古代，楹联是儿童启蒙最早接触的文学体裁之一，从"天对地""雨对风"开始，年少的学子们慢慢培养语感，掌握遣词造句的技巧，而后才会正式进入传统诗文的学习。

学习楹联文化，有助于我们更好地与他人交往。古时候，婚丧嫁娶、乔迁升学、外出游历都会用到楹联，有的是为表祝贺，有的是为表哀悼，有的是为表期许，有的则是用于沟通情感、增进友谊。现如今，我们在日常生活中使用楹联的范围和次数都有所减少，但这并不意味着楹联失去了用武之地。如果你留心观察就会发现，现在许多网络祝福语都是模仿了楹联的形式，比如"寄一句真真的问候，字字句句都祝愿你新年快乐；送一串深深的祝福，分分秒秒都祈祷你新年平安"。学习楹联文化，可以让我们与人沟通时的言辞表达更加风趣，更显修养。

学习楹联文化，可以增强我们的文学修养，提升文学写作水平。千百年来，楹联不断吸收骈文、律诗、词曲、散文、白话文等文学艺术的精华，形成了自己的独有风格。我们在学习楹联格律、结构和修辞手法时，可以学习到各类文学体裁的精华，这对于提升我们的文学写作水平是有很大帮助的。

楹联文化内涵丰富，底蕴宏大，其负载着深厚的中华文化与中华传统。到了新时代，我们更应该学习和传承楹联文化，并为它赋予更多的新时代内涵。

二、源远流长的中华楹联

楹联又称对联、对子，是由对偶修辞格发展而来的，由两行字数相等的文字组成，读起来平仄对仗的文学体裁。它起源于秦朝，古时称为"桃符"。有历史记载的最早对联出现在三国时代。

相比于中华诗词，中华楹联的名气并没有那么大，如果把中华诗词比喻成华夏大地上的壮美山川，那中华楹联就是山川间的秀美江河。

楹联作为一种独立的文体出现，可以追溯到五代时期，但在五代以前，人们已经将楹联应用在生活之中了。

清代诗人富察敦崇在《燕京岁时记·春联》中写道："春联者，即桃符也。自入腊以后，即有文人墨客，在市肆檐下，书写春联，以图润笔。祭灶之后，则渐次粘挂，千门万户，焕然一新。"这段文字不仅提到了楹联来源于桃符，而且还提到当时文人墨客已习惯替别人写春联赚钱这件事。普通百姓不会写春联，只得找文人墨客代写，然后在祭灶节（现在的小年）时贴到门户上，期待新年能有好福气。

在我国古代，桃符通常是用一寸宽、七八寸长的桃木制作的，人们会在桃符上写"神荼""郁垒"二神的名字或画上二人的画像，然后将其悬挂在门上，以此来辟邪驱灾。这一做法就是民间俗称的"贴门神"。北宋诗人王安石所写的"千门万户曈曈日，总把新桃换旧符"，说的就是人们每年更换桃符的习俗。这种习俗一直延续到五代时期，后蜀国君孟昶开始在桃符上题诗，为桃符赋予了新的意义。

此后，许多文人雅士模仿孟昶的做法，纷纷将自己的文字题在桃符上。到了宋代，人们不再局限于在桃符上题字，而开始将文字直接题写在楹柱上，像苏轼、黄庭坚、朱熹这些文学大家，也都是作楹联的高手。可以看出，从这时开始，桃符已经被楹联所取代了，但在当时，还没有出现"楹联"这种提法。

直到明朝，人们才用"楹联"取代了"桃符"，也是从这时起，楹联成为一种真正独立的文学形式。

明代成为中国楹联大发展的时代，很大程度上得益于开国皇帝朱元璋的推动。明代陈云瞻在《簪云楼杂话》中写道："春联之设，自明太祖始。帝都金陵，除夕前忽传旨：公卿士庶家门口须加春联一副，帝微行时出现。"这是说，从明太祖朱元璋时开始，贴春联便成了一种特殊的节庆文化，在除夕的时候，无论是高官贵胄，还是普通百姓，每家的家门上都要贴上一副春联。如此大规模的全国推广，中国楹联在明代获得大发展也就不足为怪了。

在明朝之后，除了春联之外，楹联又衍生出许多不同的种类，如婚联、寿联、挽联等。在内容上，楹联也开始与社会、政治、文化和人们的日常生活相关联。到了现在，每逢农历新年，大多数人都会购买春联，也有一些人自己书写楹联，表达对未来美好生活的向往。

楹联作为一种独特的文学艺术形式，与诗词歌赋一样，是中华传统艺术宝库中的璀璨珍宝。

三、传承千年的楹联从哪来

楹联、骈文和律诗都是以对偶为主要特征的文学体裁，骈文的律化和律诗对仗的成熟为楹联的出现打下了坚实的基础。

南朝梁文学理论家刘勰将对偶的词句称为"丽辞"，他认为对偶的运用与自然之理是相契合的。在我国先秦和两汉时期的典籍中，有许多文章都运用了对偶的修辞手法。

日往则月来，月往则日来，日月相推，而明生焉。

寒往则暑来，暑往则寒来，寒暑相推，而岁成焉。（《周易·系辞下》）

昔我往矣，杨柳依依。今我来思，雨雪霏霏。（《诗经·小雅·采薇》）

服宠以为美，安民以为乐，听德以为聪，致远以为明。（《国语·楚语上》）

这些都是先秦典籍中的对偶语句。最初古人只是在个别文体中偶尔会用到对偶，后来古人使用对偶的频率越来越高，一篇文章全用对偶修辞的手法写成，这就是骈文了。

骈文形成于魏晋时期，在南北朝时期逐渐发展成熟。骈文最基本的特征是句式两两相对，每句四个字或六个字，讲究对仗、平仄和音律，注重修饰和运用典故。

余告之曰：其形也，翩若惊鸿，婉若游龙。荣曜秋菊，华茂春松。髣髴兮若轻云之蔽月，飘飘兮若流风之回雪。远而望之，皎若太阳升朝霞；迫而察之，灼若芙蕖出渌波。

这是曹植《洛神赋》中的内容，这段文字除了首句外，其余部分都运用了对偶修辞。可以看出，这时的对偶还存在一种似对非对的情况，比如"翩若惊鸿，婉若游龙"，因为上下都有"若"字，所以并不算绝对工整的对偶，不能直接用到楹联中。

到了唐朝，骈文开始从律诗中汲取精华，声律规则更加规范，最终完成了律化。唐代著名诗人王勃的《滕王阁序》便是骈文律化的佳作。这篇文章虽然篇幅较长，但背诵起来却并不那么费力，这正是因为大量使用对偶和对仗的关系。

在骈文之后，对楹联影响最大的是近体律诗，我们所熟悉的唐朝诗歌就大多是这种近体律诗。与骈文相比，近体律诗的格律更加规范，五言律诗每句五个字，七言律诗每句七个字，不同格式的律诗，平仄对仗的要求也不同。

《洛神赋图》局部

如果单从格律上来说，我们从五言律诗或七言律诗中选择对仗的上下句，都可以组成楹联。

上联：无边落木萧萧下

下联：不尽长江滚滚来

这是杜甫《登高》一诗的颔联，将其作为楹联也符合楹联的格律要求，虽然在个别词语的对仗上还存在一点小问题，但整体的格律并没有问题。

楹联正是在律化后的骈文和近体律诗的基础上产生的，它既具有骈文的特征，也有律诗的特征，这也决定了创作楹联时必须要按照一定的格律要求和结构形式，否则最终的成品就不能称为楹联。

四、有趣的楹联游戏"诗钟"

为了培养儿童创作楹联的能力，在清朝嘉庆年间，人们发明了一种即兴创作楹联的游戏——诗钟。这种游戏不仅能够锻炼孩子的楹联创作能力，同时还可以提高孩子的反应能力和逻辑表达能力。

诗钟的"钟"是指时间，诗钟就是在规定时间内作诗，但不必作整首诗，只要作上下两句便可以。所以，大多数时候，诗钟不被归入诗的范畴，而是被归到楹联类。

诗钟的要求比较严格，参与者要在限定的题目和限定的时间内，完成内容创作，一些难度更高的诗钟还会限定字数或钟格（类似楹联的格式）。

想要在规定时限内，创作出一副完整的诗钟，有一些特殊的要点必须要掌握，这些要点是钟题、钟句、钟意、钟眼、钟典、钟对、钟律、钟声、钟格等。

"钟题"是指诗钟活动的题目。这些题目多是临场选定，为了公平，多以活动现场的某物或当场选定书中某一内容为题。在确定题目的同时，还需要确定诗钟的字数、格式、嵌字要求等。

"钟句"是指诗钟的句子。因为上下联共有十四字，所以在遣词造句时要多加斟酌，不多用一字，也不白用一字。

"钟意"是指诗钟所表达的思想情感。这是为诗钟加分的要点。单纯创作出对仗工整但没有意义的诗钟也难以得到高分，人们将这种诗钟称为"哑钟"。只有将深厚情感融入诗钟中，才能将"钟"敲响。

"钟眼"是指在限定所嵌入字（"钟题"）前或后的一个字。嵌字的要求一般在出题时便会确定，需要注意的是要围绕嵌字加入钟眼。一般来说，用典故或其他名词做钟眼，会更好一些。例如著名钟句"千眼西方般若佛，雪肤南内太真妃"中"千""雪"二字为"钟题"，则"千眼""雪肤"成为"钟眼"。

"钟典"是指在诗钟里使用典故。可以将典故作为"钟眼"，但要避免出现典故与题面相犯的情况。如果出题时使用了典故，便不能再在诗钟中使用同一典故，也不能使用与其意义相同的词语代替。

"钟对""钟律""钟声"是对诗钟创作的基础要求，其与楹联创作的格律、结构要求是基本一致的。好的楹联必须要对仗工整、平仄相携，好的诗钟也同样如此。

"钟格"是指诗钟的格式。诗钟可以分为合咏格、分咏格、笼纱格和嵌字格四类，嵌字格又包括凤顶、燕颔、鸢肩、蜂腰等不同格式。诗钟的格式一般在出题时便会确定。

对于刚接触楹联创作的新手来说，多参与一些诗钟活动，可以提升自己的楹联创作水平。因为有各种各样的要求和限定的时间，所以这种游戏还是有挑战性的。

大家在最初接触楹联时，可以抛弃掉诗钟活动中那些"强人所难"的要求，只定钟题，降低游戏难度，然后循序渐进地提升自己的楹联创作水平。

第二章

楹联是一门综合性艺术

一、楹联的格律要求

楹联对格律的要求非常严格，一副好的楹联要满足六个方面的格律要求。你知道是哪些吗？让我们去了解一下吧！

我国古诗词在创作时，要遵循严格的格式和音律。楹联作为一种文体，也讲求对仗，注重格律。

楹联的格律要求主要表现在六个方面：字数相等、词性相当、结构相称、节奏相应、平仄相谐、内容相关。只有达到这六方面的要求，创作出的联句才能称为"楹联"。

1. 字数相等

楹联分为上下两联，字数相等是说上联的字数必须和下联的字数完全一样，且不能重复。这一点很好理解，如果上联用了五个字，那下联也要用五个字，并且上联的五字与下联的五字不能有重复的字。

那这一点有没有什么特例的情况呢？特例也是有的，在一些特殊的楹联中，为了表达某种特殊含义，也会出现上下联字数不相等的情况。比如：

上联：袁世凯千古

下联：中国人民万岁

这副楹联是民国时期有人为了讥讽袁世凯所作的，其用"袁世凯"三字对应"中国人民"四字，显然是"对不起"的。楹联的创作者正是为了表达"袁世凯对不起中国人民"这一意思，才故意使上下联字数不相等。

这一特例是极为少见的一种情况，通常的楹联不能这样作。即使是初学者，在创作楹联时，也很少会出现上下联字数不相等的情况。

2. 词性相当

"词性相当"是说上下联相对的词语，应该是统一的，即实词对实词，虚词对虚词。那什么是实词，什么又是虚词呢?

在汉语中，实词是指那些具有实际意义的词语，我们可以用它来直接回答问题或者组织语句。比如，"猪肉"这个名词就是一个实词，"吃"这个动词也是一个实词，"美味的"这个形容词也是实词……总的来说，实词主要包括名词、动词、形容词、数词、量词、代词这六种。

虚词是指那些没有实际意义，也不能单独用来回答问题或做句子成分的词语，它们只能和实词一起组成句子。比如，"而""乃""何""乎"这些词都是虚词。总的来说，虚词主要包括副词、介词、连词、助词、叹词这五种。

上联：天上楼台山上寺

下联：云边钟鼓月边僧

这是苏轼题龙济寺联，其中"天上""云边"都是名词，可以相对；"楼台""钟鼓"同为名词，也可以相对；"山上""月边"为名词，可以相对；"寺""僧"也都是名词，可以相对。这便符合了楹联格律的"词性相当"的要求。

3. 结构相称

"结构相称"是指上下联语句的语法结构要尽可能相同，即主谓结构对主谓结构、动宾结构对动宾结构、偏正结构对偏正结构、并列结构对并列结构……这种结构上的相称既包括上下联整句相称，也包括具体词语的结构相称。

上联：黄埔之英

下联：民族之雄

这是周恩来为抗日名将戴安澜写的挽联，上联整句为偏正结构，下联整句同样为偏正结构，符合"结构相称"的要求。

4. 节奏相应

楹联的"节奏"与音乐的"节奏"是有区别的，它与诗歌的"节奏"基本相同。"节奏相应"是指上下联在节奏的停顿上要尽可能保持同步，这与整个联句的句式和格律有较大关联，联句的句式和格律不同，其节奏就会不同。

上联：万里长征犹忆泸关险

下联：三军远戍严防帝国侵

这是朱德为纪念长征中红军飞夺泸定桥所题写的楹联，其上下联的节奏对应十分恰当。上联在"万里长征"后停顿，下联便在"三军远戍"后停顿；上联在"犹忆"处可停顿，下联在"严防"处亦可停顿，符合"节奏相应"的要求。

5. 平仄相谐

"平仄相谐"是指楹联在音调上要平仄相对、平仄交替，即上下联要平仄相反，联句内要平仄交替，联句的句脚也要平仄交替，这一点与诗词创作时的平仄要求基本相当。

上句：书山有路勤为径

下句：学海无涯苦作舟

这是唐代著名文学家韩愈文章中的两句话，现在也常被人们作为格言警句或楹联使用。这副对联里，上联的词组是：书山、有路、为径；下联的词组是：学海、无涯、作舟。词组的最后一个字，即山和海、路和涯、径和舟是平仄相对的。可以看到，这两句是很符合平仄相对、平仄交替的平仄相谐要求的。

6. 内容相关

"内容相关"是说楹联的上下句内容要有一定的关联，不能是两个毫不相关的句子。如果上下联句不能相互照应、贯通，那它们便不能算是楹联。

上联：七十二健儿，酣战春云湛碧血

下联：四百兆国子，愁看秋雨湿黄花

这是黄兴为黄花岗起义七十二烈士所写的挽联，上下联在内容上都是在写黄花岗起义这件事，都是在表达对七十二烈士的缅怀，这符合了楹联"内容相关"的要求。

上面提到的这些要求，是楹联创作的基础，也是判断联句是否能够成为楹联的具体标准。

二、楹联的创作规范

楹联的创作规范是指在楹联创作时需要避免的一些误区，主要包括合掌、重字、异位互重、拗句等。

了解了楹联的格律要求后，还需要了解一些楹联创作的基本要求。在楹联创作中，有一些误区是一定要避免的。

1. 忌合掌

"合掌"是指上下联表述的是同一个意思，如果将上联比作一只手，下联比作另一只手，上下联表达同样的意思，也就相当于两只手合在了一起，所以称为"合掌"。

上联：百姓安康

下面：万民致富

"百姓"与"万民"都是对民众的概称，表达的是同一个意思，所以这一楹联存在"合掌"的问题，是不合规范的。

一副楹联本来字就不多，如果用本就不多的文字表达同一个内容，那就太不合适了。所以，创作楹联时要尽量避免"合掌"。

2. 忌重字

"重字"是指在一副楹联中，上下联的词语和句子存在重复，这也是不合规范的。楹联中的"重字"情况，主要包括同位重字和异位重字两种。

同位重字就是同一个字在上下联中的同一个位置出现；异位重字则是同

一个字出现在上下联中的不同位置。

　　上联：学界泰斗

　　下联：世界奇人

　　上面这一联句中的"界"在上下联中同一位置出现，属于典型的同位重字情况。

　　上联：业流不住勿贪境

　　下联：命运相同不恨人

　　上面这一联句中的"不"出现在上下联的不同位置，属于典型的异位重字情况。

　　这两种重字情况都不能在楹联创作中出现，但也有一些其他的重字情况，可以出现在楹联创作中。

　　上句：老当益壮，宁移白首之心

　　下句：穷且益坚，不坠青云之志

　　上面这一联句出自唐代诗人王勃的《滕王阁序》，其中两个"益"字、两个"之"字，虽然存在同位相重的情况，但因为两个字都是虚词，所以是可以重复出现在楹联中的。

3. 忌异位互重

　　"异位互重"是指在上联某一位置的词语，在下联被换到了不同位置。简单来说，就是上下联有重复的词语，但这些词语出现在不同的位置。

　　上联：一人千古

　　下联：千古一人

　　这是林森为孙中山先生所写的挽联，很显然，上联中的四字和下联中的四字是异位互重的。

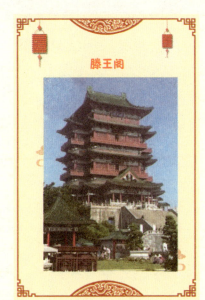

滕王阁

一般来说，异位互重的楹联很难出彩，将"国富民强"和"民强国富"作为上下联构成楹联，显然是不行的，既不规范，也不出彩。但林森的挽联却精准评价了孙中山先生，一人功绩千古传诵，千百年来独此一人，因此它也算是一副优秀的楹联。

4. 忌拗句

"拗句"是指那些不合平仄规律的句子。该用平声的地方没有用平声，该用仄声的地方没有用仄声，是"拗句"最典型的表现。

上句：遥怜小儿女

下句：未解忆长安

这是唐代诗人杜甫在《月夜》中的两句诗，前句"遥怜小儿女"的格律为"平平仄平仄"，后句"未解忆长安"的格律为"仄仄仄平平"，根据前文所说平仄相对的要求，这是不合平仄规律的，属于拗句。

律诗中有拗句，楹联中也有拗句，尤其是那些上百字的古今名胜联，出现拗句的情况最多。因为楹联对格律的要求没有律诗那么高，所以只要整体平仄和谐，有时也就不太计较拗句的问题。

对于楹联创作的初学者来说，了解楹联的创作规范，并尽量使用规范的句子创作楹联，是学习楹联创作的基础。

三、楹联的艺术格调

楹联是一种独立的文学体裁，具有丰富的艺术表现力。我们在接触和学习楹联知识的过程中，不仅要了解楹联创作的规范，也要了解它的艺术追求与格调。

楹联的艺术格调究竟是什么呢？按照流传至今的各类楹联的类型来分，楹联的格调可以分为律诗格调、词格调、民歌格调、散文格调、戏文格调、曲格调、成语格调、绕口格调、谜面格调和骈文格调十种。

1. 律诗格调

最初的楹联多以五言、七言为主，很多是从律诗中截取出来的上下句作为楹联的。这种以律诗格调写就的楹联，读起来有诗歌的韵味，是当前楹联创作的主要格调。

上联：无可奈何花落去

下联：似曾相识燕归来

这一联句便采用了律诗格调，上下联各起言，对仗非常工整。这两句出自宋代文学家晏殊的《浣溪沙·一曲新词酒一杯》，但却并不是晏殊自己创作的。

某日，晏殊偶得"无可奈何花落去"一句，但他却迟迟对不出合适的下句来。一次与王琪谈到此句，王琪立刻便对出了"似曾相识燕归来"这样的绝妙下句。晏殊很赏识王琪的才能，不仅将这一联句收入自己的词中，还向皇帝举荐了王琪。

2. 词格调

词的出现和发展为楹联提供了更加多样的艺术表达，词格调的楹联便是在这样的背景下流行起来的。

词格调的楹联与词一样，多为长短句的结构，读起来抑扬顿挫，很有节奏感，既能表达"大江东去"的豪迈气势，又能展现"草长莺飞"的美丽景致。

上联：烟雨楼台，革命萌生，此间曾著星星火

下联：风云世界，逢春蛰起，到处皆闻殷殷雷

这是董必武为中共"一大"嘉兴南湖会址所书写的楹联，通读之后，可以很容易感受到作者所表达的思想情感。

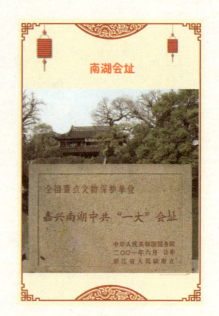

3. 民歌格调

我国民歌的历史源远流长，先秦时期便已经出现。楹联创作者将民歌的格调融入楹联中，创造出了民歌格调的楹联。与民歌一样，民歌格调的楹联形式活泼，语言通俗，很受普通大众喜爱。

上联：金水河边金线柳，金线柳穿金鱼口

下联：玉栏杆外玉簪花，玉簪花插玉人头

明代文学家解缙所作这一联句，语言朴素，通俗易懂，可以说是民歌格调楹联的典型代表。

4. 散文格调

散文格调的楹联在语句结构上更加自由，就像作家写散文一样，表情达

意不受任何拘束，整体上又"形散而神不散"。

上联：悲哉，秋之为气

下联：惨矣，瑾其可怀

这是秋瑾遇害后，众多挽联中的一副，十几个字表达出对秋瑾的缅怀，同时还巧妙地将秋瑾名字嵌入联句之中，可以说是绝妙之笔。

5. 戏文格调

戏文格调的楹联吸收了中国戏剧文学的精髓，使用中国戏剧的唱词入联，读起来很有戏文的味道。

上联：风风雨雨，暖暖寒寒，处处寻寻觅觅

下联：莺莺燕燕，花花叶叶，卿卿暮暮朝朝

这是苏州网师园看松读画轩的一副楹联，运用一系列叠词描绘了看松读画轩四周的景色，体现出一种意境美。

6. 曲格调

曲格调的楹联所表现的内容生动形象，语句通俗，但是品位却很高雅。

上联：这买卖稀奇，人人怕照顾我，要照顾我

下联：那东西古怪，个个见不得它，离不得它

这是一个棺材铺的楹联，其语言通俗，整体读起来，却能让人理解它要表达的意思。在日常生活中，确实没人想要关照棺材生意，但是人过世了，又不得不去买副棺材。

7. 成语格调

成语格调的楹联的上下联句主要由成语构成，而且很多成语都可以凑成联对，比如"生机勃勃"对"死气沉沉"，"水火无情"对"风雨同舟"等。

上联：海纳百川，有容乃大

下联：壁立千仞，无欲则刚

这是林则徐在广东查禁鸦片时，给府衙厅堂所题楹联，他想以此来表达自己敢作敢为、不查禁鸦片誓不罢休的勇气。

8. 绕口格调

绕口格调的楹联多采用汉字一字多音、异字同音的特点，巧妙编排词语，组成复杂又有趣的联句。这种楹联读起来很像绕口令，绕口但有趣。

上联：移椅倚桐同赏月

下联：等灯登阁各攻书

这一楹联读起来确实很绕口，"移椅倚"和"等灯登"都是同音不同声的字。创作者正是用这种同音不同声的字连续排列，才实现了这种绕口令的效果。

9. 谜面格调

谜面格调的楹联是将谜语隐含在联句中，也有的楹联直接就是谜面。这类楹联的实用性比其他楹联要差一些，毕竟没人会把谜语贴在自家门框上；但这类楹联的娱乐性和趣味性比较高，所以有一些古代的谜面楹联流传至今。

上联：口中含玉确如玉

下联：台下有心实无心

从整体来看，这两个联句的结构是非常对仗的，符合楹联的格律要求。这一楹联的上联和下联各是一个谜面，上联的谜底是"国"，下联的谜底是"怠"。

10. 骈文格调

骈文格调的楹联主要是受骈文的影响，非常讲究对仗和声律，遣词造句也很注重美感。短楹联使用骈文格调的很少，长楹联使用骈文格调的最多。

清末江津才子钟耘舫所题《拟题江津县临江城楼联》除自序外，共有1612字，它就是骈文格调楹联，其用词也极为优美典雅，有"天下第一长联"的美称。

一副完整的楹联由上联和下联组成，上联与下联并不是孤立存在的，它们在内容上构成一定的逻辑关系，要么并列，要么转折，当然，还有一些其他关系。

副好楹联，上联和下联在内容上是相互关联的。用两个毫无关联的句子凑成联，即使对仗工整，也不算是合格的楹联。

一般来说，楹联的上联和下联在内容上会形成一定的关系，主要有并列关系、转折关系、连贯关系、递进关系、因果关系、选择关系、假设关系、目的关系这八种。

1. 并列关系

楹联的上联与下联表达的意义和形式是平行并列的，这种楹联的结构关系就是并列关系。这种结构的楹联大多是在描述一个事物，只不过上联和下联所描述的角度不同。

上联：蝉噪林愈静

下联：鸟鸣山更幽

这是苏州拙政园雪香云蔚亭的一副楹联，其上下两联是并列关系，在内容上则是从不同角度描写园林的清幽静谧。

2. 转折关系

楹联的下联所描述的事物或所表达的含义，与上联描述的事物或表达的含义相反，这种楹联的结构关系就是转折关系。

这种楹联的上联与下联会形成比较明显的对比，其所表达的思想情感会比并列式楹联更加突出。

上联：文章真处性情见

下联：谈笑深时风雨来

这一楹联的上联在说写文章，下联却转到了人际交往上，彼此就形成了转折关系。

3. 连贯关系

楹联的上下联存在时间的先后顺序，或者在表意上是前后承接的关系，这种楹联的结构关系便是连贯关系。

这种楹联读起来有行云流水之感，能够增加楹联的语势。很多描述今昔变化或事件演变的楹联，都会采用这种结构。

上联：曾经沧海千重浪

下联：又上黄河一道桥

这一楹联的上联描述的是曾经发生之事，而下联描述的则是现在正发生的事，两联存在一种时间先后的关系，所以在结构上属于连贯关系。

鲁迅先生

4. 递进关系

楹联的下联在范围或程度上，比上联更进一步，或者上下两联是以由小到大、由表及里、层层深入的方式叙述事物，这种楹联的结构关系便是递进关系。

上联：一生不曾屈服

下联：临死还要斗争

这是爱国民主先驱章乃器为鲁迅先生

写的挽联，上联表达出鲁迅先生有傲骨、不屈服，下联进一步升华这种表达，提到鲁迅先生即使走到生命尽头，依然没有放弃抗争。上下两联构成了明显的递进关系，很好地表达出了创作者对鲁迅先生的崇敬之情。

5. 因果关系

楹联的上联和下联一个是因，一个是果，或者一个是理由，一个是结论，这种楹联的结构关系便是因果关系。

上联：莫愁前路无知己

下联：西出阳关多故人

这是一副因果关系楹联，只不过它与大多数因果关系的楹联有一点儿小小的不同，这一楹联上句说出了结果，下句才给出原因。为什么不用担心前路没有知己呢？因为出了阳关后还会遇到许多老朋友！

6. 选择关系

选择关系的楹联，其句法结构多为"要么这样，要么那样""宁可这样，也不那样"，是通过比较后，再做出选择。

上联：宁为玉碎

下联：不为瓦全

这种选择关系的楹联大多都有明确表达选择关系的字眼，比如上面这副楹联的"宁……不……"，当然也有少数没有选择关系字眼的楹联，也可以表现出选择的关系。

上联：松间明月长如此

下联：身外浮云何足论

这副楹联并没有表示选择关系的词语，但是读完之后，很明显能够感受到它的选择关系。作者宁可每天都有"松间明月"相伴，也不想去追逐那不足挂齿的"身外浮云"。

7. 假设关系

楹联的上联提出一种假定设想，下联对这种设想做出推论，这种楹联的结构关系便是假设关系。假设关系的楹联常用的句式多为"假如……那就……""如果……那么……"等。

上联：若能杯水如名淡

下联：应信村茶比酒香

这是启功先生撰写的一副对联，它是典型的假设关系楹联。上联假设"如果能把名利看得比白开水还淡"，下联推出"那一杯清茶就比美酒还要香甜"。这种楹联大多意味悠长，富有哲理性，常能引人思考。

8. 目的关系

楹联的上下联一个说目的，一个说行动，这种楹联的结构关系便是目的关系。在这种楹联中，既可以上联表目的，下联说行动；也可以上联说行动，下联表目的。

上联：欲共水仙荐秋菊

下联：长留学士住西湖

这一楹联的上联说的是行动，下联则是在说目的。一般来说，这种目的关系的结构在诗词中比较常用，在楹联中使用得比较少。

上面提到的结构形式是楹联创作中较为常见的几种，除了这些外，楹联的结构形式还有条件关系、总分关系等，只不过相比于前文介绍的这些结构形式，它们并不常用。

在楹联创作中，想要增强楹联的艺术感染力和文学价值，就要多在语句修饰和文字运用上下功夫。用好修辞，是创作出好楹联的重要方法。

楹联虽然篇幅短小，但字字皆精，在各种修辞手法的加持下，再短小的楹联也能散发出强大的艺术魅力。

楹联常用的修辞方法有很多，除了最基础的对偶外，还有比喻、比拟、借代、夸张、反语、双关、排比、反复等修辞手法。

1. 比喻

比喻在楹联中很常见，它又分为明喻、暗喻、借喻三种，在使用时要注意上下联同时使用，不能上联用了比喻，而下联却不用比喻；同时也要注意上下联所使用的比喻不能差别太大。此外，如果用了比喻之后，上下联便无法形成对偶关系，那就要果断弃用比喻。

上联：墙上芦苇，头重脚轻根底浅

下联：山间竹笋，嘴尖皮厚腹中空

明代文学家解缙所作这副楹联，对仗工整，形象鲜明，以"墙上芦苇"和"山间竹笋"比喻那些没有真才实学、夸夸其谈之人，既恰当，又易于理解。

2. 比拟

运用比拟修辞的楹联，可以"拟人"，即把人比作物；也可以"拟物"，即把物比作人，把这一物比作另一物，或把另一物比作这一物，其作用都是让楹联的内容更加生动，让楹联更具艺术感染力。

上联：松竹梅岁寒三友

下联：桃李杏春暖一家

这副楹联将"松竹梅"比拟为"志同道合的朋友"，将"桃李杏"比拟成"其乐融融的一家"，对仗工整，极具艺术感染力。

3. 借代

在楹联创作中的借代，不是以一物比一物、一物喻一物，而是以一物代一物，这是借代修辞与比拟修辞、比喻修辞的主要区别。

上联：泗水文章昭日月

下联：杏坛礼乐冠华夷

这是一副运用了借代修辞的楹联，"泗水"是流经山东曲阜的一条河流，在这里被用来指代"孔子"；"杏坛"是孔子讲学的地方，"杏坛礼乐"指代的则是"孔子的儒家学说"。

在楹联创作时运用借代修辞，要注意本体和借体的相关性，还要确保替代本体的借体具有代表性，并且为人所熟悉。只有这样，借代修辞才能发挥真正的效果。

4. 夸张

夸张修辞是抓住事物的某些特点，将其扩大表述，或集中展现事物的特征，以此来增强艺术效果。夸张是楹联创作不可或缺的一种修辞方法，使用得当，能够取得意想不到的效果。

上联：高阁逼天红日近

下联：一川如画晚晴初

在这副楹联中，说阁之"高"，使用到了"逼天""红日近"；说川之"美"，使用到了"如画""晚晴初"，显然是一种夸张的表现手法。这样使阁楼之高、晴川之美更加生动形象，更容易给人留下深刻的印象。

5. 反语

反语就是正话反说，即用与本意相反的话语来表达本意。在楹联创作中，反语修辞多被用在讽刺类楹联中。

上联：和议成，八省弁兵齐奏凯

下联：恩旨下，一城文武尽升官

这是清政府签订《南京条约》后，文人所作的楹联。从字面意思来看，这副楹联说的是条约签订后，国内一派安乐祥和的景象，文武百官都获得了升迁。但结合当时的社会现状便可知道，这副楹联使用了反语修辞，看上去是颂扬条约签订后的社会现状，实际上是在讽刺清政府安于现状、不思进取的态度。

6. 双关

双关是利用汉字同音、同义的关系，用一句话表达两种内容，含蓄委婉地表达出创作者的真实思想。在楹联创作中运用双关修辞，可以增加联句的幽默性和趣味性。

上联：宰相合肥天下瘦

下联：司农常熟世间荒

这是清朝光绪年间的一副讽刺楹联，上联中的宰相是指李鸿章，他的籍贯是安徽合肥；下联的司农是指翁同龢，他的籍贯是江苏常熟。当时正值大灾时期，民众生活困苦，作者便在这副楹联中嵌入了"合肥""常熟"，一重意思是说这两人的籍贯，另一重意思是说两个人只顾着自己的"肥"和"熟"，而不管天下百姓的"瘦"与"荒"。

7. 排比

排比是将三个或三个以上结构相似、字数相等的词句放在一起，用来表示相似或相关的意思。在楹联创作中运用排比，多是字数较多的长联，只有少数短联会采用这种修辞手法。

上联：风声、雨声、读书声，声声入耳

下联：家事、国事、天下事，事事关心

这是明代思想家顾宪成为东林书院所作的楹联，上下联都用了排比的修辞手法，除了增强语势外，还增加了对联的节奏感。

8. 反复

反复是为了强调某种意思、加重某种情感，而不断重复使用某个词句。在楹联创作中运用反复修辞，可以突出联句所要表达的思想情感。

上联：年难过，年难过，年年难过年年过

下联：事无成，事无成，事事无成事事成

东林书院楹联

依庸堂

这是陈毅在 1923 年所作的一副春联，上下联都使用了反复的修辞手法，加重了预期，强化了情感。上联反复强调"年难过"，下联反复强调"事无成"，但年难过也要"年年过"，事无成终会"事事成"，表现了陈毅乐观向上、不屈服于现状的坚定态度。

修辞手法运用得当，能为楹联增色不少。在楹联创作中，巧用修辞，往往能取得意想不到的效果，但需要注意的是，只依靠修辞为楹联增色，或是为了修辞而修辞，都是不可取的做法。

第三章

楹联的分类
与应用

一、最早出现的楹联——春联

春联又称为"春贴"，是历史最为悠久、使用最为广泛、最受人们喜爱的一种楹联类型。它以对仗工整、简洁精巧、喜庆祥和的文字描绘美好形象，抒发美好愿望，增加节日气氛。当人们在家门口贴上春联时，也就意味着拉开了春节的序幕。

每到新春佳节之际，家家户户都会在门上贴上喜庆的春联。出于不同的目的，人们会选不同内容的春联，有祈愿新年新气象的，有祝福新的一年生意兴隆的，也有祝福老人长寿的……每副春联都充满了吉祥喜气，表达了人们对美好生活的向往。

表达对新一年美好生活的向往，祈愿新年能有新气象的春联：

上联：辞旧迎新，共建和谐社会

下联：承前启后，同奔锦绣征途

祝福老人长寿，身体健康的春联：

上联：福如东海长流水

下联：寿比南山不老松

祝福新的一年生意兴隆，表现商家热情好客的春联：

上联：生意兴隆同地久

下联：财源广进共天长

上联：接待八方旅客

下联：欢迎四海亲人

除了这些表达美好祝愿的春联外，生肖春联也是近年来较为流行的春联。这类春联一般将生肖的寓意融入对联中，搭配日常生活的景致，形象生动，深受大众喜爱。

上联：翠柳迎春千里绿

下联：黄牛耕地万山金

这副牛年春联的上联描绘春天到来、万物复苏的景色，下联将黄牛勤勤恳恳的形象融入联句，表现出人们盼望新的一年能用双手创造更多财富的美好希冀。

因为春联通常要粘贴到宅门两边，所以不能使用太长的楹联，根据宅门的大小，可以使用四言、五言、七言的联句，高门大户的人家可以使用更长一些的春联。

四言春联：

上联：五谷丰登

下联：六畜兴旺

五言春联：

上联：岁岁平安日

下联：年年如意春

长联句春联：

上联：爆竹声声，旧风气旧毛病随旧岁辞去

下联：春联副副，新思想新喜事迎新春到来

春联不同于其他楹联，往往需要有横批，所以在创作春联时，还要根据上下联内容拟定横批。春联的横批大多是四个字的吉祥语，比如万事如意、国富民强、大展宏图、财源广进……只要是与上下联意思相配的词语就可以作为横批。

在张贴春联时，上联张贴在宅门右侧，下联张贴在宅门左侧，横批张贴在门楣上，宅门上则可以贴斗方。斗方一般选用正方形红纸，按菱形书写和张贴，内容可以是和横批意义相近的四字词语，也可以是单个的"囍"字或"福"字。

过新年贴春联，早已成为中华民俗文化的一部分。人们张贴春联，主要是为了表达美好愿望，所以对于那些出现合掌问题、平仄问题的联句，也就没必要过分追究，只要能表达出喜气，能让人们接受和喜爱就可以了。

二、既是招牌，也是门面——门联

门联又称为"门帖""门对"，是一种从古代流传下来的楹联类型。在宅第屋宇张贴门联，一方面可以显示主人的身份，另一方面可以为宅第增添文化和艺术气息。

门联与春联类似，但它不需要横批，这是其与春联的最大区别。此外，门联也并不需要等到春节或其他节日时张贴，只要主人喜欢，随时都可以张贴。有些人为了永久保留门联，舍弃了在纸张上书写的方式，改用雕刻、嵌缀的方式在宅门两旁"张贴"门联。

门联在内容上与春联的区别比较大。相比于春联的吉祥语，门联所用的词语专用性、针对性更强，贴在这家宅门上很合适的门联，换到别人家可能就不合适了。

在古代，普通人家一般是不贴门联的，只有名门望族、商铺酒馆才会贴门联。名门望族主要是为了凸显门第气质，商铺酒馆则是为了传递经营理念。

上联：与国咸休，安富尊荣公府第

下联：同天并老，文章道德圣人家

这是山东曲阜孔府的门联，据传是清代大学士纪晓岚所写。可以看出，上下联都用极为高雅的词语讲述此处是孔子之家，这比单纯悬挂一块"孔府"的牌匾，更有文化和艺术气息。

如果去到孔府，仔细观察这一门联会发现，上联的"富"字没有最上面的一点，而下联的"章"字最后一竖伸长到了"日"字里面。堂堂孔府，难道连这么简单的两个字都会弄错吗？

对于这种"错误"，有人给出了一种巧妙的解释：上联"富"字少一点叫作"富贵无顶"，下联"章"字一竖破日，叫作"文章通天"。如此解释确实也能说得通。但实际上，孔府门联上的"富"字和"章"字的写法，在古代都属于规范的写法，许多古代字帖中都出现过这两个字，只不过在后来的汉字简化过程中它们被淘汰了。

名门望族要靠门联来彰显高贵门第，商铺则要靠门联来展示自己经营的业务，以及期望客人光顾的热情。

上联：劝君更尽一杯酒

下联：与尔同销万古愁

很显然，这是一家酒馆的门联。顾客喝了一杯又一杯，店家仍然劝顾客再喝一杯酒，其热情程度可见一斑。

买卖生意的门联

这些行业类门联很多都会使用双关修辞，这样既点明了自己经营的业务，也说清了自己经营的特色。

上联：虽然毫末技艺

下联：却是顶上功夫

这是一家理发店的门联，上联中的"毫末"和下联中的"顶上"在这里都有双重意思。"毫末"一方面指头发，另一方面是店家对自己技艺的谦虚；"顶上"一方面指头上，另一方面则在表达自己的技艺是最好的、头等的。一语双关，可以说是行业门联中的优秀之作。

无论是彰显门第，还是展现行业，门联在使用时都具有一定的专用性。什么门第用什么门联，什么行业用什么门联，都有一定的规范，不能随意混用。

三、室内装饰专用楹联——厅堂联

厅堂联是一种"装饰联"，多布置在厅堂、书房或卧室等室内环境中。它的作用是装点房屋，美化环境，彰显主人的高雅志趣和独特气质。

在厅堂中布置楹联，主要是为了展现屋主人自己的精神世界。一般多是文人雅士热衷于悬挂厅堂联，普通老百姓也有在厅堂中悬挂对联的，但并不多见。

屋主人的脾气秉性不同，厅堂联的内容风格也有所不同。屋主人会在厅堂联中寄寓各种各样的情感，有的是生活的情怀，有的是宏伟的政治理想，客人看到这些厅堂联就会明白屋主的追求或志趣。

上联：春随香草千年艳

下联：人与梅花一样清

这是明代地理学家徐霞客重建梅花堂后所题的厅堂联，上联"千年艳"点出了梅花所代表的千年风尚，下联"一样清"则表达出自己像梅花一样，不与世俗同流合污的高尚志趣。

上联：救民安有息肩日

下联：革命方为绝顶人

这是冯玉祥隐居泰山时，刻在自己卧室石壁上的楹联。上联说投身救国救民的事业，一天也不应停歇，下联说献身革命的人是最高尚的人，上下联的内容都与泰山紧密结合，表达了他决心投身革命，救民于水火的政治抱负和理想。

上联：每日报平安，就是家庭清福

下联：流风传孝友，可为子弟良箴

除了那些抒发宏伟志向的厅堂联，古代还有像上面这种讲述家风门风的厅堂联，将其挂于厅堂之中，家人每天都会看到，久而久之，家风门风就会深入家人的脑海之中，为家人所接受、所践行。

在众多厅堂联中，主人挂在书斋的厅堂联是最为出彩的，也称"书斋联"。古人会将自己的理想抱负、情操志趣寄托在书斋之中，有的人会通过各类文房物品装饰书斋，以展现自己的气质；有的人则会通过富有哲理的楹联，来表达自己的情趣。

上联：咬定几句有用书，可忘饮食

下联：养成数竿新生竹，直似儿孙

这是清代书画家郑板桥的书斋联，上联说读书要选择有用的书读，读好书可以让人乐而忘食，此联展现了郑板桥的读书主张；下联说教育子孙要像培育竹子一样，把子孙教育成正直不屈的人，此联展现的是郑板桥的育人主张。

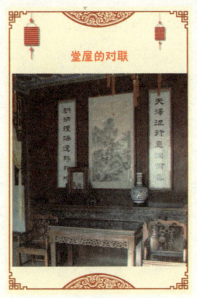

堂屋的对联

厅堂联一般都富有情趣和哲理，内容表述风趣幽默，很受文人的欢迎。古人在创作厅堂联时，并不是为给别人看，而是情之所至后的率性表达，所以很多厅堂联都没有使用华丽的辞藻，但却意蕴悠长。

一些流传到今天的厅堂联都变成了格言和座右铭，激励着一代又一代的人们自我奋斗、拼搏向前。

四、男婚女嫁专用楹联——婚联

婚联是"喜联"的一种，是男婚女嫁时的专用楹联。通常会在婚嫁当日，张贴在大门或新房门旁，也有贴在嫁妆或花轿上的。其内容主要是赞颂两人结合的完美、对未来婚姻生活的憧憬以及对当事人的美好祝愿等。

如果要选最为喜庆的楹联，那婚联绝对是最佳之选。不仅因为它是一种"喜联"，更因为它使用的场合以及表现的内容是喜庆、热闹的。

婚嫁是人生中的一大喜事，必然要锣鼓喧天、鞭炮齐鸣，热闹一番，婚联可以增加喜庆的气氛，也是日后回味的一种独特纪念。在古代，婚联被当作一种特殊的礼品，由宾客送给新婚夫妇。到了现代，送婚联的习俗已经被送份子钱所取代，不再那么常见了。

婚联的内容大多是祝福新婚夫妇百年好合、白头到老，表现喜气盈门的热闹情景。

上联：一世良缘同地久

下联：百年佳偶共天长

这一副婚联集齐了"一世良缘""百年佳偶"，充满了对新婚夫妇的美好祝福，是非常典型的通用婚联。

除了通用婚联，还有一些婚联会根据成婚的不同时节来撰写，比如，给夏季结婚的新婚夫妇送婚联，就可以送这一联：

上联：栀绾同心结

下联：花开并蒂莲

栀子花和莲花都在夏天开放，"同心结"和"并蒂莲"都是常用的新婚贺词，这些词语组合在一起，很切合婚庆的主题。

除了贴合时节，有些婚联还可以"私人定制"。这种婚联一般是由文人撰写，专门送给某对新婚夫妇的，所以只能用在这一处新婚场合，换成别的新婚夫妇用，就"名实不符"了。

上联：将相传家真有种

下联：阳和得气便成春

这是李鸿章的儿子结婚时，京师大学堂总教习吴汝纶送的婚联，不仅贴合了新婚的喜庆气氛，还顺带着夸赞了一下李鸿章的显赫家世。

随着时代的发展，婚联也融入了不同的时代特色。从这些流传下来的婚联中，我们也可以体会到国人思想的进步。

上联：男尊女，女尊男，男女平等

下联：夫敬妇，妇敬夫，夫妇相亲

这一婚联的上联主要表达了男女平等思想，下联则表达了夫妇相亲之意，两相对仗，既工整合规，又富有意蕴。

相比于厅堂联的有感而发，不注重词语的修饰，婚联则多使用华丽的辞藻，尤其是多用花、鸟、鱼等美好事物比喻新婚夫妇的幸福生活，有一种情景交融的美感。

上联：柳暗花明春正半

下联：珠联璧合影成双

这副婚联中融入了"柳""花""珠""璧"这些美好事物，以此来比喻新婚男女走到一起共同生活的美好情景，极具艺术表现力。

从古到今，所有美好的意象几乎被人用遍了，想要在前人基础上推陈出新，创造出更有喜气、更加幽默、更有思想的婚联是很不容易的。

五、祝寿专用楹联——寿联

寿联是给老人祝寿时专用的一种楹联，多由亲友赠送给老人，内容以祝福老人长寿、歌颂老人功德业绩为主。

寿联是专为尊长过寿时所作，具有一定的特殊性，所以必须认清对象，立定主旨，对人要恰如其分，对事物则描摹生动，不务虚华，使人看了即了解其意义，引起共鸣。

清乾隆五十五年（公元 1790 年）农历八月，乾隆皇帝八十大寿，大臣们都琢磨着给皇帝送上什么寿礼更好。黄金万两？皇帝可不缺钱；珠玉宝器？皇帝也不稀罕；香车美女？皇帝也不缺。正当众位大臣为皇帝的寿礼急得团团转时，大学士纪晓岚凭借一副寿联赢得了皇帝的欢心。

上联：八千为春，八千为秋，八方向化八风和，庆圣寿，八旬逢八月

下联：五数合天，五数合地，五世同登五福备，正昌期，五十有五年

在这副寿联中，上联运用六个"八"字，对应乾隆皇帝八十大寿。下联运用六个"五"字，不仅与上联的六个"八"工整对仗，还对应了此时正值乾隆皇帝五十五年。

上联中，"八千为春，八千为秋"出自《庄子·逍遥游》，这是常用的祝寿词，"八方向化八风和"用字典雅、喜庆，"八旬逢八月"则贴合了乾隆在八月过八十大寿。

下联中，"五数合天，五数合地"与上联对仗，"五世同登五福备"则是说乾隆皇帝已是五世同堂，冠绝古今，"正昌期""五十有五年"则是说乾隆

皇帝登基已有五十五年，清朝依然昌盛繁荣。

可以看出，这副寿联的构思是极为精妙的，怪不得能够讨得皇帝喜欢。纪晓岚的奇思妙想可不只局限在这一联，若将这一寿联每句的最后一个字连在一起，又能组成一副新的楹联。

上联：春秋和寿月

下联：天地备期年

纪晓岚献给皇帝的寿联是"联中有联"，新的楹联也是一副对仗工整的寿联，如此巧思构造，一般人绞尽脑汁也想不出来。

寿联除了送给别人，还可以给自己写。相比于送给他人的寿联，为自己作寿联就要随意多了，想调侃就调侃，想夸耀就夸耀，流传到现在的很多自寿联都很诙谐幽默。

上联：常如作客，何问康宁。但使囊有余钱，瓮有余酿，釜有余粮，取数叶赏心旧纸，放浪吟哦，兴要阔，皮要顽，五官灵动胜千官，过到六旬犹少

下联：定欲成仙，空生烦恼。只令耳无俗声，眼无俗物，胸无俗事，将几枝随意新花，纵横穿插，睡得迟，起得早，一日清闲似两日，算来百岁已多

这是清代文学家郑板桥六十岁时为自己作的寿联，他将自己六十年的人生感悟都融入了这副寿联之中。

上联主要说人生短暂，不必奢求富贵，只要能无拘无束地活着，到了六十岁也会像少年一般；下联主要说人生在世，不必空生烦恼，只要能认真度过每一天，活到六十岁比活了一百岁还多。

看似平淡的语句，却阐述出深刻的人生道理；工整的对仗、巧妙的构思，又增加了寿联的艺术美感。这样的寿联可以说是佳作中的佳作、上品中的上品。

当然，并不是所有人都能作出上面这样优秀的寿联，如果恰逢老人要过寿，不如用"福如东海长流水，寿比南山不老松"当作寿联，送给过寿的老人。

六、哀悼死者的楹联——挽联

挽联是哀悼死者、祭祀治丧时专用的楹联，由古代挽词演变而来，既是对死者的哀悼，也是对生者的勉励。

古代的挽词有很多种不同形式，诗、词、歌、赋都可以作为挽词。挽联是各类形式的挽词演变而来的，它强调格律和对仗，在清代才开始流行。

挽联是写给死者的文字，一般不会像婚联、寿联那样被收藏起来，而是会被焚化。现在我们能看到的那些挽联，都是被他人收入典籍著作中，才得以流传下来的。

在内容表现上，挽联与厅堂联相似，都是在抒发真情实感，内容充实、感情真挚、韵味独特。在艺术表现力上，它要比其他类型的楹联高出许多。

有的挽联是描述死者生平、赞扬死者功绩、褒扬死者精神的。

上联：大计赖支持，内联共，外联苏，奔走不辞劳，七载辛勤如一日

下联：斯人独憔悴，始病热，继病疟，深沉竟莫起，数声哭泣已千秋

这是 1941 年 8 月，毛泽东、董必武等人为国民党高级将领张冲所写的挽联。张冲，字淮南，是国共合作的重要推动者，对促成第二次国共合作起到了重要的作用。这一挽联的上联描述了张冲一生为国家大计奔走的功绩，下联则表示对他英年早逝的痛惜、哀婉之意。

有的挽联是作者追述与死者的友谊，表达对死者逝去的哀悼之意的。

上联：安危谁与共

下联：风雨忆同舟

在张冲逝世后，周恩来在《新华日报》上发表了《悼张淮南先生》一文，并亲自参加追悼会，送了这副挽联。

这副短短十字的挽联嵌入了"安危与共""风雨同舟"两个词语，构思精妙，意蕴深沉，展现了周恩来与张冲在促成国共合作时结下的深厚友谊。

有的挽联所悼念的死者是死于非命的，所以这类挽联除了表达对死者的哀悼外，还对暴力制造者进行了控诉、鞭挞，这种挽联既是治丧祭文，也是讨伐檄文。

孙中山去世时的挽联

上联：前年杀吴禄贞，去年杀张振武，今年又杀宋教仁

下联：你说是应桂馨，他说是洪述祖，我说确是袁世凯

这是近代民主革命家黄兴在宋教仁遇刺后撰写的一副挽联。在这副挽联中，黄兴将更多笔墨用在了控诉上，控诉袁世凯的恶行。

挽联除了可以哀悼别人，还可以哀悼自己。这类由作者生前为自己所作的挽联多被称为"自挽联"。写这种自挽联时，作者都还活着，所以不会有太多面对死亡的感伤和悲痛，这也使得这类挽联的感情基调更为轻快，多有调侃之意。

上联：好副臭皮囊，为你忙着过九十年，如今可要交却了

下联：这般新世界，纵我活不到一百岁，及身已见太平来

这是近代教育家张元济所作的自挽联，体现了他平淡看待死亡的人生态度，以及有幸见证新社会的喜悦之情。

挽联多以寄托哀思为主，所以在创作时，很少会用到双关、谐音等修辞手法，整体基调是严肃的。自挽联的内容比较多样，对词语和修辞手法的运用也更自由，整体风格会更活泼一些。

七、赞美名胜古迹的楹联——名胜古迹联

名胜古迹联主要是为名胜古迹、山水风光所撰写的楹联，多用于名山大川、历史古迹、寺庙殿阁。古代的文人雅士在游览名山大川、古迹名胜时，兴致大发，除了赋诗作词之外，还会创作楹联来抒发自己的情感。

我国地域辽阔，历史悠久，古迹胜地、名山大川众多。千百年来，这些丰富的自然和人文景观，为文人雅士提供了无尽的创作素材，名胜古迹联便是他们情感与才智相结合的产物。

古迹名胜若是没有名家楹联的点缀，似乎就缺少点儿文化韵味。在游览名胜古迹时，如果认真观察，便可以发现悬挂于亭台楼阁上的楹联，这些楹联既为山水增色，又陶冶了情操，所以世代为人们称道传颂。

从古代流传下来的名胜古迹联主要有两种，一种是山水风光、名胜古迹楹联，另一种是历史名人、历史遗迹楹联。

山水风光、名胜古迹楹联有赞美壮丽山河的，有触景生情的，有借古喻今的，这些楹联对仗工整、内容凝练，遣词造句也极为讲究。

上联：隔岸眺仙踪，问楼头黄鹤，天际白云，可被大江留住

下联：绕栏寻胜迹，看树外烟波，洲边芳草，都凭杰阁收来

这副描绘晴川阁景致的楹联，对仗工整，文辞隽永，就像一幅晴川阁的游览地图，将晴川阁的景致一一展示在游览者面前。

有的名胜古迹联是"景区的游览地图"，而有的名胜古迹联则是"景区特

色的宣传图"，楹联的创作者将名胜古迹的特点融入联句中，使得楹联的内容极具特色。

上联：胜地重新，在红藕花中，绿杨阴里

下联：清游自昔，看长天一色，朗月当空

这是描绘杭州西湖景色的楹联，从下联的"长天一色""朗月当空"两个词可以看出，这一楹联主要描绘的是杭州西湖十景中的"平湖秋月"。

山水风光、名胜古迹楹联多以写景抒情为主，而历史名人、历史遗迹楹联则侧重于对人物功绩和历史事实的记述，表达对先贤的仰慕崇敬、对历史的思考。在艺术表现上，历史名人、历史遗迹楹联有的细腻深沉，有的慷慨雄壮，有的风趣幽默，有的富有哲理。

上联：登百尺楼，看大好河山，天若有情，应识四方思猛士

下联：留一抔土，以争光日月，人谁不死，独将千古让先生

这是徐锡麟纪念楼的一副楹联。徐锡麟是近代民主革命家，也是安庆起义的发起人，虽然起义最终失败，却激励了无数仁人志士投身革命。对于徐锡麟的功绩，孙中山曾说："光复会有徐锡麟之杀恩铭，其功表见于天下。"

上面这副楹联与孙中山对徐锡麟的评价颇为相似，"人谁不死，独将千古让先生"，不禁让人感慨万千。以如此雄浑壮丽、气势磅礴的联句来歌颂徐锡麟的功绩，也是合适的。

名胜古迹联的种类较多，修辞手法也各有不同，为了追求情景交融、诗情画意之感，作者多在语句和修饰上下功夫。对于那些评述历史名人、历史遗迹的楹联，多使用典故可以增强联句的意蕴。

八、其他各类楹联

想尽数列举中国楹联的种类，是不容易的。除了前文中提到的常见楹联外，中国楹联还有庙观联、书院联、庆贺联、宣传联、灯联、谜联等。

相比于前文提到的常见楹联，本节所列的一些楹联并不常见，有的楹联在古代使用和流传较广，但现在却已经很少见了。

1. 庙观联

在我国古代，大部分地方都会修建庙宇道观。这些庙观有的供奉三清，有的供奉佛祖，有的供奉龙王，有的供奉城隍……无论是哪种庙观，都需要使用楹联。

庙观的楹联大多具有一定的教育意义，我国历朝历代的庙观流传下来许多发人深省的楹联佳作。

上联：乾坤容我静

下联：名利任人忙

这是普陀山一处寺庙的楹联，其对仗工整，语句简练，叫人放下名利，寻求内心宁静，富有哲理意味。

上联：大慈念一切

下联：慧光照十方

上联：除灭虚妄倒

下联：具足智慧明

这两副楹联是寺院常用的通用楹联，将佛经语句融入楹联中，所以不太注重联句的格律和对仗。

2. 书院联

书院是我国古代极富文化气息的地方，这里的讲学者和求学者都是饱读诗书之人，他们比较擅长吟诗作对。从古至今，历代书院有许多名联传世。

上联：日月两轮天地眼

下联：诗书万卷圣贤心

这是宋代理学大家朱熹为江西庐山白鹿洞书院所作的一副楹联，上联将日月比作"天地之眼"，下联将诗书比作"圣贤之心"，如此妙喻之中，蕴含着深刻的哲理，令人回味无穷。

上联：惟楚有才

下联：于斯为盛

这是长沙岳麓书院的一副集句联（用古书中的名句组成楹联），上联说楚地是人才辈出的地方，下联说岳麓书院是英才会聚的场所，虽然只有短短八个字，但其表达出来的意蕴却非百字、千字可以比拟。

据传，清代袁名曜担任岳麓书院山长（古时书院院长多称山长）时，曾出上联"惟楚有才"，要求书院学生对出下联。正当众人苦思冥想之时，学生张中阶对道："于斯为盛。"

上联的"惟楚有才"出自《左传》，原句为"虽楚有材，晋实用之"。下联的"于斯为盛"出自《论语·泰伯》，原句为"唐虞之际，于斯为盛"。此联以经典名句对经典名句，符合集句联的要求，语句对仗工整，表意也非常明确，是一副难得的好联。

3. 庆贺联

庆贺联是指除了婚联、寿联之外的其他喜庆之事所用的祝贺楹联，比如官员升迁、考试通过、乔迁新居……这些都需要庆贺，所以也有一些专门的祝贺楹联。

上联：小筑当水石间，直以云霞为伴侣

下联：大名在欧苏上，尽收文藻助江山

这副楹联是清朝大学士纪晓岚送给文学家法式善，祝贺他的梧门书屋落成的楹联。二人在编纂《四库全书》时曾共事过一段时间。此联中"以云霞为伴侣""大名在欧苏上"虽有些夸大其词，但表情达意还是较为合理的。

现代的庆贺联更多用于庆贺公司开业，针对不同的行业，楹联的内容也会有所不同。

庆贺餐饮公司开业：

上联：盈门飞酒韵

下联：开业会春风

庆贺大型商场开业：

上联：利泽源头水

下联：生意锦上花

通用开业庆贺联：

上联：看今日吉祥开业

下联：待明朝大富启源

庆贺联和婚联、寿联一样，多用红纸书写，可以用黑色墨汁，也可以用金色墨汁。现代一些地方多用特别制作的条幅、花篮表达庆贺之意。

4. 宣传联

这类楹联的作用与标语差不多，主要目的是为了宣传。一般在重大社会事件、社会活动中使用，在格律和对仗上要求并不严格，文学性和艺术性也相对差一些，但其中不乏一些风趣幽默的佳作。

上联：手牵手共建和谐城

下联：心连心同做文明人

上联：文明城市你我共建

下联：美好家园你我共享

现代的宣传楹联多以向人们发起倡议、教育人们树立良好品德为主要内容，言简意赅，通俗易懂，朗朗上口，易于记忆，便于传播，基本可以满足宣传的目的。

5.灯联、谜联

灯联是我国传统节日元宵节时用到的一种楹联，通常会写在花灯上，内容多是一些喜庆吉利的话。

上联：万户春灯报元夜

下联：一天瑞雪兆丰年

这种喜庆吉利的灯联，搭配五彩缤纷的花灯，会给元宵佳节增添一些喜庆吉祥的气氛。

谜联是用楹联的形式出谜语，有的谜联上联出谜面，下联出谜底；有的谜联上下联都是谜面，要求参与者猜出谜底。这类谜联也会写在花灯上，供观赏者来猜。

上联：黑不是，白不是，红黄更不是，和狐狼猫狗仿佛，既非家畜，又非野兽

下联：诗也有，词也有，论语上也有，对东西南北模糊，虽为短品，也是妙文

这是纪晓岚在一次灯节上，在宫灯上撰写的一副谜联。皇帝和大臣思来想去都没有猜中，最后还是纪晓岚给出了谜底：上联说的是一个"猜"字，下联说的是一个"谜"字。

"猜"字右半部的"青"，黑白红黄都不是，字形上又与"狐、狼、猫、狗"相仿，不是家畜，也不是野兽；"谜"字的"言字旁"，"诗、词、论、语"这四个字都有，"迷"字又正对东南西北模糊，谜的字数虽短，但也却是妙文。

关于楹联种类的划分，历来没有统一的标准，但在理解了楹联所表述的内容、传递的情感后，再去对楹联进行分类，就会更加准确了。

第四章

楹联的作用
与功能

一、描绘眼前景物之美

> 反映客观事物，描绘眼前景物之美，是楹联的一大作用和功能，这与诗词、绘画的写景状物功能没有太大的区别。

面对眼前的美景，有人会拿起画笔，将其勾勒出来；有人会挥毫泼墨，将美景融入诗词之中；有人会发挥奇思妙想，用简短的文字，将眼前美景凝练为楹联，呈现在众人眼前。

在众多类型的楹联中，用于描绘景物之美的楹联多见于春联、门联和名胜古迹联，厅堂联、寿联、婚联和挽联则少有用来描绘景物的。

在艺术表现上，描绘景物的楹联，有的短小精致，有的洋洋洒洒，无论字多还是字少，都能抓住景物的神韵精髓，呈现景物的独有特色，并挖掘出其背后所蕴含的精微道理。

上联：月明如画

下联：江流有声

这是清代书法家伊秉绶为镇江金山寺明月亭所题楹联，短短八字，便描绘出一幅"明月照流水"的美景，静如画的明月，动而有声的江流，都能给人一种身临其境的奇妙感觉。

上联：西岭烟霞生袖底

下联：东洲云海落樽前

这是北京颐和园东北角的谐趣园的一副楹联。在谐趣园中能看到"西岭烟霞"和"东洲云海"吗？显然是不能的，但这副楹联却称在这里"西岭烟霞"可以"生袖底"，"东洲云海"则能"落樽前"，这种夸张的表述无疑能勾起人们的兴趣，让人不禁在脑海中想象这些美丽景象。

一些文人雅士似乎觉得单纯用楹联来写景状物不够过瘾，所以在许多描绘景物的楹联中，还会加入一些引人深思的内容。

上联：粉黛江山，留得半湖烟雨

下联：王侯事业，都如一局棋枰

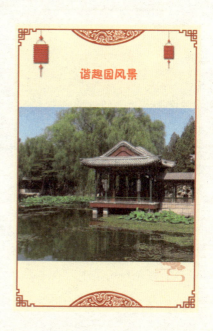

谐趣园风景

这是南京莫愁湖公园胜棋楼外的一副楹联，上联说旧时的美女和江山都已不在，这里只剩下了半湖烟雨供人观赏，此一联将南京莫愁湖胜棋楼的美景和历史描述了出来；下联说帝王将相、争权夺利、是非成败，都只像一局棋，一瞬间便会如过眼云烟。这是在上联写景之后，在下联中融入了哲理性思考，引人深思。

上联：船载石头，石重船轻轻载重

下联：杖量地亩，地长杖短短量长

这一楹联的上下联对事物的描绘都很到位，但却并没有过多渲染事物之美，而是以通俗易懂的语言讲述了一个颇有趣味的道理。"船载石头"和"杖量地亩"都是很寻常的场景，作者从这两种司空见惯的景象出发，发掘出了其中的深刻哲理，这也是楹联写景状物功能的另一种表现。

二、记录时事，歌咏历史

记录时事，歌咏历史，是楹联的另一种作用和功能。相比于历史典籍，楹联记录的是零碎的历史片段，文字虽然简短，但却足够凝练，其中也饱含着创作者的深刻情感和对历史的思考。

中华民族的历史之所以能够传承几千年而不中断，就是因为始终有人在记录历史、传承历史。我们现在拥有的灿烂文化和丰富文化遗产，正是经历了千万人之手，才传承到今天的。

楹联与诗歌一样有咏史怀古的作用。楹联的咏史功能针对的是历史事件和历史人物，多是创作者有感而发之作。创作者用楹联记录历史故事、评说历史人物、表述社会变迁、总结功过得失……我们可以透过这些楹联，了解古人，了解历史。

上联：心悬八阵图，初对策，再出师，共仰神明传将略

下联：目击三分鼎，东联吴，北拒魏，常怀谨慎励臣躬

上联：收二川，排八阵，六出七擒，五丈原前，点四十九盏明灯，一心只为酬三顾

下联：取西蜀，定南蛮，东和北拒，中军帐里，变金木土爻神卦，水面偏能用火攻

这两副楹联都是叙述诸葛亮的功绩。第一副楹联以时间为线索精确概括了诸葛亮的才能与功绩，帮助人们了解诸葛亮的生平与经历。第二副楹联总结了诸葛亮辅佐刘备争夺天下的一生，同时还灵活地在上联中嵌入了十个数

字，而在下联中则用"东、西、南、北、中、金、木、水、火、土"十字来与其对应，实在是巧妙。

叙事咏史的楹联也会在叙事之外，融入一些哲理性内容，引人思考，发人深省。

上联：能攻心则反侧自消，从古知兵非好战

下联：不审势即宽严皆误，后来治蜀要深思

这也是一副有关诸葛亮的楹联。此联评述了诸葛亮在用兵作战时注重攻心，施政治国时懂得审势，同时在下联中让后人要深思诸葛亮这种领兵治国的方法，要从中汲取经验。

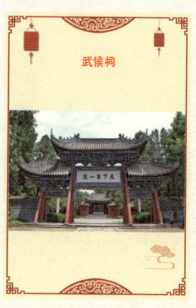

叙述景物之美的楹联需要运用多种修辞手法来增加语句的美感，讲述历史故事的楹联则会使用较多的历史典故。

上联：铜琶铁板，大江东去

下联：月明星稀，乌鹊南飞

这是湖北黄州赤壁的一副楹联，叙述的是赤壁曾经发生的故事。

上联的"铜琶铁板，大江东去"引自南宋俞文豹《吹剑录》："学士词，须关西大汉，铜琵琶，铁绰板，唱'大江东去'。"苏轼曾游览赤壁，上面提到的"学士"正是他，而"大江东去"则是他所写下的千古名篇《念奴娇·赤壁怀古》中的一句词。下联的"月明星稀，乌鹊南飞"则引自曹操的《短歌行》"月明星稀，乌鹊南飞。绕树三匝，何枝可依"。

上下联都各引用了一个典故，典故中的故事都与黄州赤壁息息相关，曹操兵败赤壁，苏轼游览赤壁。如此来看，此楹联点明了赤壁历史中的"闪光点"，当人们读到这副楹联时，就会想起三国时期的战火，以及"大江东去"的壮阔景象吧！

三、抒发内心的炽热情感

抒发个人情感也是楹联的一大功能，与"诗言志"一样，用楹联也可以抒
发创作者内心的炽热情感。

以诗言志，历来是文人墨客作诗时的首要选择。借景抒情、以物言志，是诗词的一种主要功能。诗词可以抒发个人情感，而楹联兼备其他文体的特征，自然也是一种可以抒发情感的重要文体。在春联、婚联、寿联、挽联、厅堂联、名胜古迹联中，都可以抒发个人的情感。

上联：出有门，进有门，借取无门

下联：去年穷，今年穷，明年更穷

这副楹联所描述的是劳动人民的贫苦生活，面对一年比一年更穷的生活境况，劳动人民以这副楹联来发出自己的呐喊。

楹联既能抒发痛苦的情感，也能表达喜悦的心情。

上联：要抱，要扶，终须迈出自己脚步

下联：又哭，又笑，将会留下什么声音

这副楹联表达了父母陪伴儿女成长的喜悦心情，从要抱到要扶，再到自己走路；从会哭会笑，再到走入社会，成就一番事业，孩子成长的每一个过程都有父母的参与，孩子的一颦一笑都会牵动父母的感情。这副楹联虽然在格律上不太规范，但表达的情感却非常完满。

人们在遇到一些突发事件时，情感表达会更为激烈一些，创作者多在挽联中表达激烈的情感。

上联：数不尽伤心，忆生前作客他乡，旅馆残灯悲夜雨

下联：总难干泪眼，痛死后招魂何处，空山孤月响流泉

这副楹联对仗工整，感情真挚，"数不尽伤心""总难干泪眼"，其悲情可见一斑。无论是对生前之"忆"的描述，还是对死后之"痛"的诉说，都能让人感受到深切的悲痛之情。

这种表达悲痛的楹联，除了在挽联中多见之外，在那些历史名人或革命英雄纪念地的楹联中也比较常见。

上联：殉社稷，只江北孤城，剩水残山，尚留得风中劲草

下联：葬衣冠，有淮南抔土，冰心铁骨，好伴取岭上梅花

这是扬州梅花岭下史可法墓祠中的一副楹联。史可法是明末的抗清名将，在清军大举进攻扬州时，他率军抵抗，以身殉国，被葬于扬州城外的梅花岭。此副楹联表达了对史可法以身殉国的敬仰之情。

在面对同样一件事时，不同的人即使有相同的情感，在用楹联表达时，也会有所不同。

上联：青山有幸埋忠骨

下联：白铁无辜铸佞臣

上联：人自宋后羞名桧

下联：我到坟前愧姓秦

这两副楹联所述的内容都与岳飞、秦桧有关。抗金名将岳飞遭秦桧迫害，无辜惨死，后人在岳飞墓前铸下秦桧等人的跪像。这两副楹联所表达的都是对岳飞无辜被害的痛惜，以及对秦桧等人的憎恶，但在表达形式上却有明显不同。

第一副楹联采用的是一种客观庄重的表述方式。"此处青山能够埋葬忠臣岳飞的遗骨，真是太幸运了；这些白铁用来铸造佞臣秦桧的雕像，可真是太无辜了！"是一种从旁人角度来论述和抒情的方式。

第二副楹联则从秦桧后裔的口吻来叙述。"人们在宋朝以后都为自己名字中有'桧'而羞愧,我来参观岳飞墓后,因自己姓'秦'而羞愧!"这副楹联中的情感表达有些激烈,但却能代表人们的爱憎情绪,这也是这副楹联能够流传下来的重要原因。

四、赠送他人，交流感情

在古代，许多文人雅士会将自己所写的楹联赠予他人，以达到交流情感的目的，这一点与诗人们写诗赠送他人是一样的。

在中华传统文化中，将诗文赠送给友人，是一种重要的文化交流方式，在我国的诗坛也一直都有这样的传统和做法。楹联作为一种与诗词类似的文学艺术形式，也具有赠送他人、交流感情的作用与功能。

在楹联发展史中，这类楹联通常被称为交际酬赠联，多是一些具有文学素养的名人学者相互题写赠送。这种楹联相比于其他类型的楹联，文学性和艺术性要更高一些，毕竟是送给他人的礼物，质量上必须要足够好才行。

赠送给他人的楹联，要么对应对方的身份，要么描述对方的成就，这也能体现出创作楹联之人对友人的重视。

上联：三朝元老裴中令

下联：百岁诗篇卫武公

这是清代许佩璜在史贻直七十寿辰时送上的楹联。史贻直是清朝重臣，辅佐过康熙、雍正、乾隆三代帝王，他还是文渊阁大学士，在诗文创作方面也取得了不小的成就。由此可以看出，楹联中"三朝元老"和"百岁诗篇"的描述是非常贴切的。在这副楹联中，许佩璜将史贻直比作"裴中令"和"卫武公"，其中"裴中令"裴度是唐朝的名相，一生经历四朝，有很高的威望；"卫武公"卫和是春秋时期卫国国君，活了近百岁，是古代长寿者的代表。这种用典喻人的方法，很容易讨得他人欢心，用在交际酬赠中是非常合适的。

既然是交流感情，那必然是双方互赠才最好。在我国楹联史中，记载了很多双方互赠楹联的故事。

上联：麟阁待劳臣，最难西域生还，万顷开荒成伟绩

下联：凤池诏令子，喜听东山复起，一门济美报清时

这是清代楹联大师梁章钜送给好友林则徐的楹联。当时正值林则徐被贬谪新疆后又重新被起用，梁章钜以此联表达自己的喜悦之情。上联主要赞颂了林则徐在伊犁的功绩，下联则表达了自己看到林则徐再次受到重用的喜悦心情。

上联：曾从二千石起家，衣钵新传贤子弟

下联：难得八十翁就养，湖山旧识老诗人

这是林则徐回赠给梁章钜的楹联。上联主要说梁章钜为官一路升迁，现在由儿子继承了衣钵；下联则说年逾八十的梁章钜被儿子接到杭州，得以颐养天年。整副对联用词虽朴素，但说人说事却非常到位。

好友间互送楹联，既能达到交流情感的目的，也是一种文化艺术的交流，这种做法可比送烟、送酒、送钱要高雅多了。

五、发人深省，励志向上

> 现在我们所学的一些格言警句，其实出自楹联之中。这类楹联多是文人雅士自己题写给自己的，主要是为了督促自己勤奋好学、励志向上、修身齐家。

励志格言类楹联的主要作用是发人深省、导人向上，这类楹联通常是由修身、励志、劝学、醒世等哲理性内容构成。现在我们所学的一些格言警句，便出自这类楹联。

励志类楹联在厅堂联和交际酬赠联中较为多见，其他类型的楹联中也有，但并不多。这类楹联以言简意赅、富含哲理著称，古代读书人很喜欢题撰此类楹联。

上联：苟利国家生死以

下联：岂因祸福避趋之

"只要是有利于国家的事，哪怕是死，也要去做；怎能因为害怕灾祸就躲避，看到福禄就贪图呢？"这副林则徐的自题联直到现在依然具有深刻的现实意义，很多人依然在践行这副楹联所论述的道理。

上联：世事多因忙里错

下联：好人半自苦中来

这是曾国藩为自己书斋题写的一副楹联，也是曾国藩对自己的勉励之言。曾国藩虽然位极人臣，但他却经历了不少坎坷。"世间的事，纷繁复杂，忙起来就容易出错；人只有吃苦耐劳、历经磨难后，才能成为完美的人。"这一楹联也正是曾国藩对自己人生经验的总结。

上联：取人为善，与人为善

下联：乐以终身，忧以终身

这副楹联也是曾国藩为自己题写的，相比于上一副楹联，这副楹联的遣词造句更为凝练，虽然格律上稍有瑕疵，但整体的意义却很好。

上联中的"取人"，出自《孟子·公孙丑上》"取诸人以为善，是与人为善者也"一句，意思是说"吸取别人的优点来提高自己的品德，便是帮助他人行善"。曾国藩在上联中想表达的就是这个意思。

下联中的"乐以终身"指的是终身都有乐处。关于人生的乐趣，曾国藩总结有三点："读书声出金石，飘飘意远，一乐也；宏奖人才，诱人日进，二乐也；勤劳而后憩息，三乐也。"读书的乐趣、使人进步的乐趣、劳作后休息的乐趣，是曾国藩终身追求的乐事。

除了感慨人生乐事，表达为国为民的思想，还有一些励志类的楹联侧重于介绍方法，比如高效读书的方法、时间管理的方法、文学评论的方法……对于楹联大师来说，只要是切实有用的生活方法，都能用楹联表现出来。

上联：何物动人，二月杏花八月桂

下联：有谁催我，三更灯火五更鸡

这是清代楹联名家彭元瑞所作的楹联。下联中的"三更灯火五更鸡"说的是古代读书人的用功，他们常常是伴着三更的灯火入睡，听到五更的鸡鸣起床读书。彭元瑞认为读书人只要能做到"三更灯火五更鸡"，那便会迎来属于自己的成功时刻。

上联：苟有恒，何必三更眠五更起

下联：最无益，莫过一日曝十日寒

这是明代理学家胡居仁所题的楹联。在这副楹联中，他提到了一种读书学习的重要方法。胡居仁认为，读书学习是件持之以恒的事，"三更入睡，五更起床"这种学习方法虽然有效，但却很难持续下去。读书学习最怕的就是一时勤奋，又一时懒散。

同样是谈读书学习，两位学者的观点似乎有所不同，究竟是哪种方法更有效呢？我们不妨在日常生活中亲身实践一下，看是"三更灯火五更鸡"有效，还是"每天坚持看些书"更适合自己。

六、宣传教育，警示后人

用于宣传教育的楹联，在古代并不多见，但在现代随处可见。大街小巷中横幅上的标语，虽然对仗并不那么工整，但宣传教育的内容表达却非常清楚。

现代的标语是否可以称为楹联，这还要看它是否符合楹联的创作规范和格律要求，并不是所有字数相等的标语，都可以被称为楹联。但是，标语的出现，很大程度上是受到了楹联的影响，这也是二者为何如此相像的原因所在。

从宽泛的意义来讲，所有的文学艺术形式都具有宣传教育的作用，创作者在诗词文章中寄寓的思想内容，都或多或少有一些宣传教育的意义。

楹联也有宣传教育功能，它既可以用来宣传政治主张和目的，也可以用来宣传文学思想和方法，还可以宣传道德规范、法律制度等内容。

上联：红军中官兵夫衣着薪饷一样

下联：白军里将校尉饮食起居不同

这是朱德在 1928 年题写的一副楹联，它有非常浓厚的宣传意味。上联提到在红军队伍中，无论是官、是兵，还是伙夫，大家穿的衣服、领的军饷都是一样的；下联则说在国民党军队中，将、校、尉不同级别官员饮食起居的差别很大，很不平等。看到这一副楹联，如果你是当时的普通百姓，你肯定也选择加入红军。

上联：年年义务植树，无山不翠

下联：岁岁绿化造林，有岭皆春

上联：植树造林滋沃土

下联：防风固沙护良田

这是两副鼓励人们义务植树的楹联。这些楹联的内容通俗易懂，读起来朗朗上口，所以也常被作为标语，绘制在条幅上，悬挂于大街小巷。

在 2020 年新型冠状病毒肺炎疫情期间，许多村庄都挂起了宣传条幅。有号召广大人民群众居家不外出的：

上联：不出门是贡献

下联：不接触最安全

有号召外出佩戴口罩，小心防护的：

上联：出门就把口罩戴

下联：于人于己都是爱

有要求党员干部担负责任，用心值守的：

上联：卡点值守，责任重大

下联：放过一人，伤害大家

也有号召大家不乱串门的：

上联：今天到处串门

下联：明天肺炎上门

这些标语从对仗和格律上来看，都不符合楹联的规范，但因为内容通俗易懂，宣传教育的效果反而要更好一些。这可以看作是传统楹联文化在现代社会语境下的一种创新使用了。

七、讽刺声讨

　　楹联可以正面表达祝贺之意，还可以反过来进行讽刺和声讨。在汉语楹联世界中，讽刺联占据着相当重要的位置，其原因在于文人对于不平之事素来爱用文字作为宣泄之途径，而短小精练、通俗易懂、朗朗上口的楹联正好符合其需要。

讽刺是文学艺术中经常用到的一种手法，我国古代的文学家早已将这种手法运用得炉火纯青，李白、杜甫、苏轼、陆游等人的很多诗歌，都运用了讽刺的手法。到了现代，鲁迅先生的杂文更是将讽刺手法运用到了极致。

在流传至今的楹联中，有许多都运用了讽刺的手法。

上联：万寿无疆，普天同庆

下联：三军败绩，割地求和

这是有人为慈禧太后贺寿写的"寿联"。慈禧太后过万寿节时正值中日甲午战争时期，为了过好万寿节，她抽调海军军费修建颐和园。结果，在甲午战争中，清朝海军将士战败，清廷被迫与日本签订了不平等的《马关条约》，又割地又赔款。

这副楹联的上联"万寿无疆，普天同庆"是标准的皇室祝寿用语，用在慈禧身上是合适的；下联说"三军败绩，割地求和"则是在讲甲午战争的失败，这与慈禧是有关联的。上下联放在一起，名为祝寿，实则是在讽刺、声讨。

上联：公生则人民死，公死则人民生，死生相关，互为因果

下联：天视自我民视，天听自我民听，视听洞彻，不爽毫厘

这副楹联是袁世凯逝世后，有人写的一副"挽联"，在内容表达上与慈禧的"寿联"有异曲同工之妙。明明是挽联，却说袁世凯死了，人民才能生存，这种讽刺手法的运用既直接又深刻。

之所以要用楹联去讽刺，是因为有些事情没办法直接说出来，用楹联巧妙地将内心苦衷诉说出来，既是一种自嘲，也是一种无可奈何的表现。

上联：朝朝暮暮，物理、化学、微积分、方程式

下联：天天顿顿，青菜、萝卜、白开水、豆腐渣

这是抗日战争时期，生活在国民党统治区的一位教员写的一副楹联。上联集合了几门课程，说的是他每天的工作；下联则集合了一些饭菜名称，说的是他每日的餐食。

每天要上这么多节课，但吃得却如此寒酸，一个教员尚且如此，老百姓能好到哪里去呢？这种事没办法向上面反映，所以这位教员只好用楹联表达。虽然没有直接抗议，但讽刺的意味很明显。

鲁迅先生曾说："讽刺作者虽然大抵为被讽刺者所憎恨，但他却常常是善意的，他的讽刺，在希望他们改善，并非要捺这一群到水底里。……如果貌似讽刺的作品，而毫无善意，也毫无热情，只使读者觉得一切世事，一无足取，也一无可为，那就并非讽刺了，这便是所谓'冷嘲'。"

用楹联去讽刺时，一定要注意方法、态度和分寸，在面对不同的对象时，要有所区别才行。

第五章

那些有趣的
楹联故事

一、孟昶题桃符

在古代，每逢辞旧迎新之际，人们便会在桃木板上写上"神荼""郁垒"二神的名字，或者在纸上画两位神仙的画像，悬挂、张贴在自家门上，用以驱邪避祸，这就是古代的"桃符"。

孟昶（公元 919—965 年），字保元，邢州龙冈县（今河北省邢台市）人，五代十国时期后蜀的末代皇帝。

这位后蜀末代皇帝在位前期对政事还颇为上心，把国家治理得也比较好，但到了统治中后期，他却变得奢侈淫靡，不好好治理国家，整日琢磨一些无用之事。最终，在北宋的进攻下，孟昶只得向北宋投降，后蜀灭亡。

公元 964 年的春节，投降的前一年，孟昶命一个名叫辛寅逊的学士为自己门前的桃符题诗。学士题完诗句后，孟昶却觉得诗句缺少文采，并没有采用。他琢磨一番后，亲自提笔题写了两句诗，即"新年纳余庆，嘉节号长春"。

从楹联的规范来看，孟昶的这一联句并不完美，但它表达的寓意却十分美好："新的一年享受着先代遗泽，美好佳节预示着春意常在。"将这种对新年的美好祝愿作为春联的内容，是非常合适的。

孟昶期望新的一年能延续先代的福泽，国泰民安，春意常在。但在当时那样的乱世，单靠两块桃木板是没办法江山永固和国泰民安的。

孟昶的"春联"挂上还未满一年，后蜀便被宋太祖赵匡胤的军队击败，自己投降成了俘虏，国家也灭亡了。孟昶被押送到北宋都城汴京后，被授以检校太师兼中书令，封秦国公，七天之后，孟昶便死在了汴京。

孟昶在桃符上写下这两句诗后，桃符便从原本的驱邪避灾工具，变成了一种表达人们思想感情的特殊载体，这也是我国春联的起源。贴春联这一习俗普及推广到民间，则已经是明朝时的事情了。在明朝，同样有一位帝王对创作春联颇有心得，他就是明代的开国皇帝朱元璋。

上联：双手劈开生死路

下联：一刀斩断是非根

据传这是朱元璋为一户阉猪人家题写的春联。乍看上去似乎有点儿"暴力"，但如果跟"阉猪"这件事结合在一起，还是比较贴切的。

朱元璋除了自己爱写春联，还下旨要求金陵城中的每户人家都要在春节时张贴一副春联。一时间，都城中各家各户的门上都贴上了春联，有意思的是，大家所贴春联并不是期待新年新气象的，而大多是"朱洪武坐天下风调雨顺"之类的春联。

从明代开始，贴春联的习俗逐渐普及，无论是富贵人家，还是普通人家，都会在新年时贴上一副春联，祈求新的一年能过得更好。即使到了现在，这一习俗依然在延续。

二、苏东坡妙对黄庭坚

> 苏东坡与黄庭坚在交往之中，经常楹联互对，两人巧思妙语不断，一副副楹联道尽了无限风光。

苏轼与黄庭坚都是北宋时期的文学大家。苏轼生于公元 1037 年，黄庭坚生于公元 1045 年，二人年龄相差不大，在诗词书法上的成就也都非常高。如果一定要在二人之间论一论"辈分"的话，苏轼应该算是黄庭坚的导师。

苏轼第一次见到黄庭坚的诗作后，大为欣赏，连连赞赏。得到了苏轼的称赞后，黄庭坚从文坛新人一举变成了文坛红人。此时的黄庭坚虽然很仰慕苏轼，但却并没有主动联系苏轼。

直到苏轼第二次夸赞黄庭坚的作品，他才以一封《上苏子瞻书》和两首专门写给苏轼的诗作，来表达自己的崇拜之情。就这样，苏轼与黄庭坚在一次次书信往来中结下了深厚的友谊，即使苏轼因乌台诗案下狱，黄庭坚依然不改对苏轼的崇拜与信任，宁可跟苏轼一起"受处分"。

宋神宗去世后，苏轼重新回到京城。此后，苏轼与黄庭坚经常聚在一起，讨论诗词歌赋，谈论人生道理。二人楹联妙对的故事，便是发生在这一时期。

一次，苏轼与黄庭坚在一棵大树下对弈，忽然一颗松子掉落在棋盘上，见此情景，黄庭坚以"松下围棋，松子每随棋子落"为上联，要苏轼对下联。

苏轼抬头望了望四周，发现远处的小河边有一名老者正在柳树下钓鱼，思考片刻后，苏轼对道："柳边垂钓，柳丝常伴钓丝悬。"

这副楹联的对仗非常工整，"松下"对"柳边"，"围棋"对"垂钓"，"松子"对"柳丝"，"棋子"对"钓丝"，不仅对仗用得好，选取的对比物也是恰到好处，可以说是非常精妙的楹联。

还有一次，苏轼与黄庭坚一同外出游览，临近傍晚，二人行至江边，看到晚霞映照在江水中，金光铺满水面。见此情景，黄庭坚出上联"晚霞映水，渔人争唱满江红"。这一联句中的"满江红"，既是眼前的景色，也是词牌名，若想形成工整对仗，下联必须在同样位置找到一个同样可以描绘景色的词牌名才行。

苏轼略作沉思后，抬头对道："朔雪飞空，农夫齐歌普天乐。"苏轼在这一联句中以"普天乐"这一词牌名对应"满江红"，以"朔雪飞空"的冬日景色对应"晚霞映天"的秋日景色，既工整又通畅。

三、康熙为郑成功作挽联

郑成功率兵从荷兰殖民者手中收复台湾，是伟大的民族英雄。但是，在清政府看来，郑成功拒不降清，固守台湾，简直可恶至极。即使如此，在郑成功逝世后，康熙皇帝依然给予了郑成功较高的评价。

公元1661年，郑成功率兵横渡台湾海峡，击败荷兰殖民者，收复台湾。第二年，郑成功在台湾去世，郑成功之子郑经掌权治理台湾。

郑成功去世时，康熙刚刚登上帝位，后来他诛杀鳌拜，削平三藩，于公元1683年以施琅为福建水师提督，出兵攻台。

此时的台湾内乱丛生，年仅十二岁的郑成功之孙郑克塽虽继承了延平郡王爵位，但没有实权，面对清军进攻，无力招架，只得选择投降。

公元1684年，康熙将台湾纳入福建省，并设一府三县，加强了对台湾的管辖。郑克塽降清后与自己的曾祖父郑芝龙一样，被清廷严格控制活动，其间二十余年，他仅回过泉州老家两次，一次是为修建郑氏祖庙，另一次则是将祖父郑成功的遗骸迁回泉州。

公元1699年，郑克塽上书康熙，请求将祖父郑成功遗骸归葬祖茔。康熙答应了郑克塽的请求，同时还亲自为郑成功写了一副挽联。

上联：四镇多二心，两岛屯师，敢向东南争半壁

下联：诸王无寸土，一隅抗志，方知海外有孤忠

这副挽联介绍了郑成功生前经历，还高度赞扬了郑成功为国尽忠的精神。

上联提到，在清军大举南下之时，明朝江北四镇的将领们大多怀有二心，只有郑成功一个人在厦门和金门两个小岛上屯兵、练兵，坚持抗清，想要重新夺回大明的半壁江山。

下联则主要评价了郑成功的忠君爱国之志。其中提到，南明的那些王爷们，居无定所，没有方寸之地，只有郑成功固守台湾一隅坚持抗清不投降，世人方知海外有这样一位孤苦的忠臣。

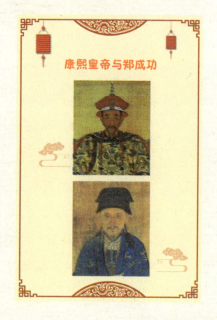

康熙皇帝与郑成功

可以看出，康熙对于郑成功的评价还是很高的，他没有将郑成功当成负隅顽抗的敌人，而是将其视为持有不同政见的对手，确实是有风度的。

当然，康熙对于郑克塽的请求，也并没有拒绝的必要，为郑成功亲赠挽联，也是在展现胜利者应有的姿态。但是，历史的车轮不会为任何人而停下，即使是将台湾纳入大清版图、开启了大清盛世的康熙皇帝，也没办法让大清的辉煌定格。在盛世之后，不思进取的清王朝一步步走向衰弱。

四、郑板桥论读书、作文的楹联

郑板桥是清代极具代表性的文人画家，"四时不谢之兰，百节长青之竹，万古不败之石，千秋不变之人"，这是他对自己在绘画方面成就的概括。其实，被称为"诗书画三绝"的他，在楹联创作方面也颇有成就。

郑燮（公元1693—1766年），字克柔，号理庵，又号板桥，人称板桥先生，江苏兴化人。他为官清廉，政绩显著，晚年辞官，以卖画为生，代表作品有《修竹新篁图》《清光留照图》《兰竹芳馨图》等。

郑板桥除了诗画成就外，还留下了许多传世名联。如果说纪晓岚创作的楹联多有巧言妙对，那郑板桥创作的楹联则多具有深刻哲理，很值得细究、回味。

上联：删繁就简三秋树

下联：领异标新二月花

这是郑板桥送给门生韩镐的楹联，其意在指出韩镐作文的问题。他认为韩镐的文章虽然有一定文采，但内容太过冗长，真正的好文章要言简意赅，所以创作者必须要懂得删繁就简。郑板桥还发现韩镐的文章过于泥古，缺少新意，他认为文章要有好的立意，只有标新立异的文章才能不落俗套，所以他才写了这副楹联。

收到老师的赠联后，韩镐将其悬挂在自己的书房中反复研究，最终克服了作文的小毛病后，一举考中了举人。

上联：隔靴搔痒赞何益

下联：入木三分骂亦精

这是郑板桥运用楹联的方式表达自己对文学评论的见解。上联提到，在评论一篇文章时，如果赞扬不到关键点上，对作者、读者都没什么好处；下联则认为分析文章的缺点和错误时，只要能够抓住要害，即使在用词上稍微严厉一些，也是能够让人信服的。

上联：书从疑处翻成悟

下联：文到穷时自有神

郑板桥用这副楹联将读书和作文方法进行了精妙总结。上联提到读书要常存疑问，只有这样才能有所体悟；下联则说文章要经常去写，写得多了便会如有神助一般。

郑板桥所说的"读书要存疑"对我们也是有启发的。我们在读书的时候多动脑，多思考，这样才能明辨真伪，才能从书中获得真正有用的知识。他提到的作文方法，同样也值得我们学习。如果觉得自己看到题目后，拿起笔却不知道写什么，不妨在平时多写些随笔、日记，无论什么文章，写得多了，下笔也就不会那么难了。

五、纪晓岚作联多妙语

历史研究者对于纪晓岚的评价褒贬不一，但对于他在楹联方面的成就，却鲜少有批评者。纪晓岚是清朝的著名才子，他创作的楹联多有妙语，见者无不拍手称赞。

纪昀（公元1724—1805年），字晓岚，清朝直隶河间府献县（今河北省献县）人。他在乾隆年间曾担任《四库全书》总纂官，晚年著有《阅微草堂笔记》。

若论文学上的成就，纪晓岚留给后人的东西并不多，但若说趣闻逸事，与他相关的倒是很多。他创作的妙语联对，流传下来的就有不少。

一次，一场大火烧毁了京师工部（雅称水部）办公的衙门。乾隆皇帝命工部尚书（雅称大司空）金简负责督工，重建衙门。

有一天，一群官员工作之余聚在一起闲聊，说起这个事情。其中有一名官员此时担任中书职位，很有才华，针对此事，当场出了一副上联：

上联：水部火灾，金司空大兴土木

这一联句中，嵌入了"金木水火土"五字，想要对出合适的下联，就需要找出与之对应的词语，难度很大。这些官员虽然都是饱读诗书之人，却也一样犯了难，在那里一个个皱眉低头冥思苦想。出联的中书心下很是得意，左顾右盼，却发现唯有纪晓岚坐在一旁悠然自得，便问纪晓岚是否有了下联。纪晓岚回答说："要对不难，只是要多多得罪阁下了。"中书说："但对无妙。"于是纪晓岚给出了下联：

下联：南人北相，中书君什么东西

在下联中，纪晓岚嵌入了"东西南北中"五个方位，正好对应上联的五行，很是巧妙。这中书为南方人，却在北京为相，故曰"南人北相"，弄得这位中书大人十分尴尬。可这的确是一副妙对。原本上联是中性表达，搭配下联后，一下变成了讽刺联句。虽然是文友之间的玩笑，却也足见纪晓岚的才华。

一次，纪晓岚给好友牛稔文送去一份贺联，祝贺他的儿子大婚。牛稔文接到贺联后，并没有看透其中的意思，只是将其当作一般的庆贺联。第二天，纪晓岚赴宴时，亲自向牛稔文解释了一番，才让他恍然大悟。

上联：绣阁团圆同望月

下联：香闺静好对弹琴

原来，纪晓岚借用了牛稔文家的"牛"姓，在上联中巧妙融入"牛郎织女"的典故，将牛稔文的儿子和儿媳比作团圆在一起的牛郎织女；在下联中，他又巧妙地引入了"对牛弹琴"这一成语，同样是与"牛"姓相关的。

将这种妙联送给朋友，自然能够博得一番称赞。将妙联献给皇帝，皇帝如果高兴了，那荣华富贵就应有尽有了。在这方面，纪晓岚也是没少下功夫的。在乾隆五十大寿时，纪晓岚就献上过一副寿联，得到了乾隆的赞赏。

上联：四万里皇图，伊古以来，从无一朝一统四万里

下联：五十年圣寿，自今而后，尚有九千九百五十年

这副楹联的对仗不工整，但意义表达准确。上联主要是夸乾隆皇帝，做到了前代帝王从未达到的成就；下联则是在拍乾隆的马屁，用另一种方式说出了"吾皇万岁"这句话。乾隆收到臣子如此"委婉"的夸赞，自然是很高兴了，纪晓岚也凭借着自己的巧联妙对赢得了皇帝的信赖。

六、陈寅恪巧作联

陈寅恪是中国现代集历史学家、古典文学研究家、语言学家、诗人于一身的"百年难得一见"的人物，一直给人一种高不可攀、不好亲近的印象。其实，学识渊博的陈寅恪为人风趣，这一点从他所作的楹联中便能看得出来。

陈寅恪（公元 1890—1969 年），字鹤寿，江西省修水县人，历史学家、古典文学研究家、语言学家、诗人。他曾先后任教于清华大学、西南联大、香港大学、广西大学、燕京大学、中山大学等，著有《隋唐制度渊源略论稿》《唐代政治史述论稿》《柳如是别传》等著作。

作为一位研究"大学问"的学者，陈寅恪对于楹联这种"小玩意儿"也颇有兴趣，他曾作过许多有趣的楹联赠人。

上联：南海圣人再传弟子

下联：大清皇帝同学少年

这是陈寅恪在清华大学任国学研究院导师时，送给学生们的一副楹联。

上联中的"南海圣人"是指康有为，到处宣传孔子学说的康有为是广州府南海县人，常被人称为"康圣人"；"再传弟子"是说清华的这些学生是康有为的再传弟子，这是因为他们的另一位导师梁启超是康有为的弟子。

下联中的"大清皇帝"是指已经退位的宣统皇帝溥仪，"同学少年"则是说清华的这些学生与宣统皇帝是同学关系，这是因为他们的另一位导师王国维曾经是宣统皇帝溥仪的老师。

　　陈寅恪在主持清华大学入学考试时，还曾在国文试卷上出了一道对联题。陈寅恪给出了上联"孙行者"，要求考生们对出下联。

　　在清华大学的国文考试中，竟然出现了这样一道"不正经"的题目，这让很多考生摸不着头脑。一时间，各种下联频出，有"猪八戒""唐三藏"这样的搞笑下联，也有"胡适之""王引之"这样的巧妙下联，更有"王八蛋"这样的奇怪下联……但就是没有一个人给出符合陈寅恪本意的满意下联。

　　上联：孙行者

　　下联：祖冲之

　　这是陈寅恪给出的标准答案。"孙行者"对"祖冲之"，"祖"与"孙"，既是姓氏上的相对，也是辈分上的相对；"冲"对"行"，都是表示行动的动词；"者"对"之"，文言虚词相对，简直巧妙。

　　有人认为将楹联加入国文考试中，是在复古，并不可取。陈寅恪对此却不以为然，他指出让学生们对对联是在测试他们对中文的理解程度。一副楹联字数虽少，但包含了词性知识、平仄格律、对偶运用等内容，是提升学生中文水平的好方法。

　　抗日战争期间，陈寅恪随校南迁，一路辗转来到昆明，在西南联大教书。这一时期，陈寅恪也创作了许多有趣的楹联，调侃当时的动荡生活。

　　上联：见机而作

　　下联：入土为安

　　这副楹联是陈寅恪调侃在西南联大时每天都要躲避日军空袭。"见机而作"和"入土为安"都是成语，在对仗上是完全没问题的，但这副楹联的妙处并不在对仗，而是在意义的表达。

　　"见机"在这里是指"看到日本的飞机来"，"入土"是指"迅速躲入防空洞中"，如此运用，将西南联大师生们每天躲避空袭的景况描绘得形象生动，令人叹服。

七、陶行知先生的教育楹联

　　陶行知先生一生投身于教育事业，为我国的教育事业发展做出了重要贡献。他在致力于教育改革的同时，还经常使用楹联来宣传自己的教育主张，抒发自己的教育热情。

　　陶行知（公元1891—1946年），安徽歙县人，我国著名教育家、思想家，中国人民救国会和中国民主同盟的主要领导人之一。

　　在陶行知的一生中，宣传教育主张、开展教育实践是他的主要活动。无论是创办乡村学校，还是在农村创办文化活动园地，他都是在宣传和践行自己的教育主张。陶行知是"教育救国"的实践者，为我国教育事业的发展做出了突出的贡献。

　　在开展教育实践的过程中，陶行知很喜欢将那些通俗易懂的文字，组成联句，用楹联来表达自己的教育思想。

　　上联：和马牛羊鸡犬豕交朋友

　　下联：对稻粱菽麦黍稷下功夫

　　这是陶行知在南京晓庄师范开学典礼上所作的一副楹联。这副楹联不仅上下联句对仗工整，还很好地表达了他所主张的"生活即教育""社会即学校"的教育改革思想。

　　陶行知在宣传"生活即教育"思想的同时，还积极参与劳动实践。他经常和师生一起开荒种地、挑粪施肥，没有床就睡地上，没有房就住牛栏。在劳动间隙，陶行知还创作了一些楹联，抒发自己的内心情感。

上联：从野人生活出发

下联：向极乐世界探寻

在这副楹联中，陶行知运用生动的比喻，将自己当前的教育实践与未来的奋斗目标相结合，充分展现了乐观向上的精神以及对教育实践的信心。

除了办教育，陶行知还很关心农民的文化生活。他曾在南京的农村创办了一个茶园，让农民们在农闲时，可以来这里喝喝茶、听听书、学学文化知识。陶行知曾为茶园撰写过几副楹联，都非常通俗易懂。

陶行知

上联：多谢你来帮忙

下联：少了我也不行

上联：嘻嘻哈哈喝茶

下联：叽叽咕咕谈心

一生投身教育事业的陶行知，从不计较个人得失。在抗日战争时期，他积极参与到爱国救亡运动中，培养了不少革命人才。他的办公室有一副楹联，正是他一生奉献精神的写照：

上联：捧着一颗心来

下联：不带半根草去

　　在文学领域，毛泽东不仅是诗词大家，还是一位楹联高手。他创作的一些
经典楹联，具有很高的欣赏和收藏价值。

毛泽东（公元 1893—1976 年），字润之，湖南湘潭人，中国共产党、
中国人民解放军和中华人民共和国的主要缔造者和领导者，政治
家、军事家、诗人、书法家。

上联：为何死了七个同学

下联：只因不习十分间操

这是毛泽东在湖南省立第一师范读书时所作的一副挽联。当时湖南省立
第一师范相继有七名学生去世，都是因为缺乏营养，身体素质较差，医疗条
件落后所致。在参加同学们的追悼会时，毛泽东写下了这副挽联。

除了给这些病逝的学生写挽联，毛泽东还给许多民主人士、革命志士撰
写过挽联。

上联：国共合作的基础为何？孙先生云：共产主义是三民主义的好朋友

下联：抗日胜利的原因安在？国人皆曰：侵略阵线是和平阵线的死对头

这是 1938 年 3 月，为纪念孙中山先生逝世十三周年，也是为了追悼在抗
日战争中阵亡的国共将士，毛泽东所撰写的一副挽联。这副楹联语意通俗，
言简意赅，在表达爱国情怀的同时，也说明了和平是民心所向。

上联：学界泰斗

下联：人世楷模

这是毛泽东为教育家蔡元培所撰写的挽联，字数虽短，却概括了蔡元培的一生。上联四字是对蔡元培学术成就的评价，下联四字是对蔡元培高尚品德的肯定。

上联：二十年艰难事业，即将彻底完成，忍看功绩辉煌，英名永垂，一世忠贞，是共产党人好榜样

下联：千万里破碎河山，正待从头收拾，孰料血花飞溅，为国牺牲，满腔悲愤，为中华民族悼英雄

这是毛泽东、朱德、彭德怀、陈毅共同为彭雪枫题写的挽联。1944 年 9 月，新四军第四师师长兼政委、淮北军区司令员彭雪枫，在指挥部队进行西进战役时，不幸被流弹击中牺牲，年仅三十七岁。

这副挽联中的"共产党人榜样""中华民族英雄"用在彭雪枫身上是非常合适的。彭雪枫是中国共产党卓越的军事家之一，指挥过许多场重大战役，为革命胜利做出了突出贡献，他的精神是值得每个中国人学习的。

毛泽东还喜欢将一些战略战术、个人观点融入联句中。

上联：敌进我退，敌驻我扰，敌疲我打，敌退我追，游击战里操胜算

下联：大步进退，诱敌深入，集中兵力，各个击破，运动战中歼敌人

这是 1930 年 12 月 25 日，在江西宁都召开苏区军民歼敌誓师大会时，毛泽东题写的一副楹联。在这副楹联中，毛泽东融入了游击战和运动战的战略战术思想。"敌进我退，敌驻我扰，敌疲我打，敌退我追"是毛泽东关于人民军队在敌强我弱条件下广泛开展游击作战的指导方针；"大步进退，诱敌深入，集中兵力，各个击破"在此后的战争实践中演变成为"大踏步前进，大踏步后退，集中优势兵力，各个歼灭敌人"的运动战指导方针。

第六章

如何创作
一副楹联

一、有明确的创作目的

> 明确创作目的是撰写楹联的第一步，知道自己为什么要创作这副楹联，才能去选择合适的楹联形式和类型。

出于不同的目的，人们在创作楹联时会有不同的选择，即使是描述相同的事物或景象，每个人选用的楹联形式和类型也会不同。

我们在创作楹联时，先要明确自己的创作目的，也就是要想清楚这副楹联将会被用于何人何事。明确了创作目的后，我们才能选择楹联的内容角度和形式，并选用合适的词语组成联句。

上联：志在高山，志在流水

下联：一客荷樵，一客听琴

上联：绿树成荫，芳草如织，登临贵在得趣时耳

下联：水仙一去，樵子不来，先生何以移我情乎

上联：先生真移我情，把湖上清风，尚流弦外余音，曲中天籁

下联：此地适如人意，访汉南春色，恰有夹堤杨柳，隔岸桃花

这三副楹联都是武汉汉阳古琴台的楹联，因为创作目的不同，所以楹联的内容架构和外在形式都有所不同。

据传春秋战国时期，琴师伯牙在古琴台遇到了山上的樵夫钟子期，弹奏了一曲《高山流水》，发觉钟子期能够理解自己琴曲中的"高山流水"之志，遂将钟子期视为知己，并相约一年后再次在此相聚。一年之后，伯牙重回此

处，却得知钟子期已因病过世，悲痛万分的伯牙扯断琴弦，摔碎琴身，发誓不再弹琴。

这便是汉阳古琴台由来的故事，上面三副楹联的作者都是围绕这个故事来撰写楹联的，但因为各自创作的目的不同，所以最后的楹联也各不相同。

第一副楹联单纯在介绍伯牙和钟子期的故事。第二副楹联主要表达了作者登上汉阳古琴台的乐趣，以及知音难觅的感叹。用典故并不是作者的首要目的，抒发情感才是根本目的。第三副楹联从伯牙的弦外之音写起，目的是在借古琴台周边美景，来说明这里确实是一处风景宜人的好地方。此联虽然是从故事开始叙述，但目的却是展现古琴台的自然风光之美。

明确创作目的

从上面这三副楹联，便可以看出创作目的对楹联创作的影响。创作目的是楹联创作时首先需要考虑的问题，否则就变成单纯罗列词句，虽然能形成工整的对仗，但这样的楹联缺乏灵魂。

二、表达积极向上的思想感情

楹联所要表达的情感必须是积极向上的，这一点虽不是楹联创作的规范要求，但却是创作楹联时必须要注意的问题。即使是揭露丑恶、讽刺不良行为，也应该是积极正面的表达，而不能传递消极负面的思想感情。

楹联所传递的思想和感情可以是多种多样的，但楹联作为一种面向社会大众的文学创作形式，它在思想和感情表达上，必须是积极向上的。

一般来说，励志类的格言警句联所表达的思想感情都是积极向上的，创作者会将其挂在厅堂或书斋来自励或勉励家人，如：

上联：好好好，阅尽世文方知妙

下联：勤勤勤，待闻读书不断声

上联：理本精深，看阶前双水合流，寻到源头方悟彻

下联：学无止境，想宇后孤峰独秀，登来巅顶莫辞劳

婚联、寿联等庆贺类的楹联，所表达的思想感情也都是积极向上的。

上联：红雨花村，交颈鸳鸯成匹配

下联：翠烟柳驿，和鸣鸾凤共于飞

上联：月圆人共圆，看双影今宵，清光普照

下联：客满樽俱满，美齐眉此日，秋色平分

即使是吊唁逝去之人的挽联，在表情达意上，也大多是积极向上的。

上联：烈士史长传，义在广州功在国

下联：陵园春永驻，花常吐艳柏长青

上联：死者长已矣，死而能伸民志，伸国权，死犹不死

下联：生而为何乎，生而成为奴隶，为马牛，生亦徒生

无论是自我勉励，还是为人庆贺，抑或是表达悲伤痛苦之意，楹联情感的表达都应该是积极向上的。我们可以在楹联中表达愤怒、悲伤，但却不能用它去传递消极负面的思想感情，这既是文学创作的要求，也是文化精神的要求。

三、逻辑清晰，表达准确

　　我们在创作楹联时，要保持清醒的头脑，拥有清晰的思路。无论是叙事，还是抒情，都要思路清晰，表达准确。

楹联对语句结构的要求很高，字与字、词与词之间如何搭配，都要遵循一定的格律规范。除了遵守这些基本的要求外，我们在创作楹联时，还需要关注上下联句整体的逻辑是否正确，若对仗工整但上下联句内容逻辑错误，这样的楹联也是不合格的。

上联：门前绿水流将去

下联：屋里青山跳出来

　　这副楹联的对仗还是比较工整的，但如果仔细看上下联的意思表达，我们便会发现它存在严重的错误。

　　上联的"门前绿水流将去"说的是门前小河的水缓缓流走，这种表述是没有问题的；下联的"屋里青山跳出来"说的是屋里的青山一下子跳了出来，这一表述显然存在逻辑问题，"青山"怎么能从"屋里"跳出来呢？

　　很明显，这副楹联的下联是为了与上联形成对仗，生拉硬拽用词，虽然达成了上下联的对仗，但却逻辑不通，不合情理。

　　我们在创作楹联时，一定要注重楹联内容的逻辑性，不能为了凑成对仗而胡乱搭配词语。在逻辑清晰之外，我们还需要注意楹联内容的准确性，尤其是在引用典故时，更应注意这一点。

上联：子路乘肥马

下联：尧舜骑病猪

这副楹联的对仗较工整，整体的逻辑也没有问题，但如果了解春秋战国时期的历史文化知识，便会发现其中的问题。

这副楹联的上联出自《论语·公冶长》，原文为："子路曰：愿车马衣轻裘，与朋友共，敝之而无憾。"在春秋战国时期，因为没有马镫、马鞍等马具，马多被用来拉车，而不是骑乘，所以"子路乘肥马"的表述是不正确的。

这副楹联的下联出自《论语·雍也》，原文为："子曰：何事于仁！必也圣乎！尧舜其犹病诸！"为了与上联形成对仗，作者从这句话中截取了五字，利用"其"与"骑"及"诸"与"猪"的同音关系，作出了"尧舜骑病猪"这一下联。

虽然这副楹联对仗工整，但存在误用典故的问题，这是我们在创作楹联时应该尽量避免的错误。

四、充分运用各类资料

要创作出一副好的楹联，积累内容素材是十分必要的。如果自己没有出口成章的才华，就要多借助各类辞典和资料。

确定了创作目的后，我们就要有目的地寻找内容材料。运用典故的时候，一定要多了解一些与典故相关的内容，以免出现误用典故的问题。

搜集资料时，我们还可以利用各类典籍、著作中的名人诗句、词句来完成楹联的创作。

上联：文章千古事

下联：社稷一戎衣

这是清代词人朱彝尊为山西太原晋祠唐碑亭所题的楹联，赞扬了唐太宗的文治武功，其上下联的内容都来自杜甫的诗句。

上联"文章千古事"出自杜甫《偶题》中的"文章千古事，得失寸心知"，下联"社稷一戎衣"则出自杜甫《重经昭陵》中的"风尘三尺剑，社稷一戎衣"。

从这两句诗中选取句子组成的这副楹联，不仅对仗工整，而且还起到了很好的抒情表意作用。

上联：气蒸云梦泽，波撼岳阳城，风景这边独好

下联：月涌大江流，星垂平野阔，江山如此多娇

这是有关岳阳楼的一副楹联，上下联的内容都是从他人的诗词作品中集句而来。"气蒸云梦泽，波撼岳阳城"出自唐代诗人孟浩然的《望洞庭湖赠张丞相》；"风景这边独好"出自毛泽东的《清平乐·会昌》；"月涌大江流，星垂平野阔"出自唐代诗人杜甫的《旅夜书怀》；"江山如此多娇"出自毛泽东的《沁园春·雪》一词。

四处集句而成，但这副楹联却并没有给人一种杂乱拼凑的感觉。上下联的前两句都是在描述景色，后一句都是写景之后的总结性表述。原诗句中的"蒸""撼""涌""垂"便是极为巧妙的词汇，现在放在这副楹联中，更是起到了"画龙点睛"的作用。

上面所列举的两副楹联，都是有名的集句联。这种楹联是集他人诗文中的句子所组成的，其所集的词句不限作者、时代和文体，只要符合楹联的规范就可以了。

这种集他人语句撰写楹联的方式，有一个明显的好处，那就是可以轻松获得许许多多的素材，诗词歌赋、名家文章，只要符合自己的创作目的，都可以拿过来用，这可比我们绞尽脑汁去创作新句子要高效得多。更何况，那些名人大家的诗句词句，本就是精彩之作，能为我们的楹联增色不少。

有了好的素材并不意味着能够创作出好的楹联。一副楹联即使全部使用名家的诗句，也需要我们对其进行合理的组合搭配。

当然，运用各类典籍资料也并不一定非要作集句联，从各类名家诗句中提炼词汇，将其按自己的思路组合在一起，也可以创作出优秀的楹联作品。

五、用好各种修辞手法

楹联是所有文学体裁中词句最简短的，它对运用修辞的要求很高。所以，学会运用各种修辞手法，对于创作楹联是非常有帮助的。

对偶修辞是楹联的基础，如果一副楹联没有使用对偶，那它便不能算是楹联。除了对偶之外，前文讲到的各种修辞也在楹联创作中经常会被用到。

上联：身比闲云，月影溪光堪证性

下联：心同流水，松声竹色共忘机

这副楹联运用了比喻这一修辞手法，上下联中的"比"和"同"，都是比喻词。其他像"如""似""为""作""好像""犹如"等也是楹联中常会用到的比喻词。

运用比喻修辞时，一定要注意喻体和本体必须是两种不同却又有着比较相似的特点的人物或事物。楹联中的比喻要具体、形象，同时也要容易理解，最好不要在楹联中使用深奥、生僻的比喻。当然，在楹联中运用比喻修辞时，还需要注重上下联的对偶关系，不能上联用了比喻，而下联没有用，或是上下联所用比喻差别较大，无法形成对偶关系，这些都是要在楹联创作中注意的问题。

上联：铜雀算老瞒安乐窝，卖履晚无聊，一世雄尽，美人亦尽

下联：洞庭是夫婿战利品，埋香兹有托，三分鼎亡，抔土不亡

这副楹联运用了借代这一修辞手法，上下联中共有五处借代："老瞒"指代的是曹操；"卖履"指代的是刘备；"夫婿"指代的是周瑜；"美人""香"指代的则是小乔。作者用这些人的特征来替代他们，是借代修辞的用法。

除了用本体事物的突出特征来替代本体事物，我们也可以选择那些与本体事物关联紧密的事物来替代它们。比如，想要替代"屈原"，我们可以用"高阳苗裔""九歌""天问"这些与屈原密切相关的词语来替代他。

在楹联中使用借代修辞，不仅可以丰富楹联内容，在实际运用的时候还可以更好地促成上下联的对偶关系。但需要注意两点：一是我们在为本体事物挑选借代物时，一定要挑那些具有代表性的、与本体关联紧密的内容；二是不要选用只有自己知道的借代物去替代本体事物，这样会让别人很难理解楹联所要表达的内容。

上联：好消息几时来？春月桃花秋月桂

下联：实功夫何处下？三更灯火五更鸡

这副楹联运用了设问的修辞手法。上下联的前半句设问，后半句回答，这也是楹联中最常见、最普遍的一种设问形式。除了这一设问形式，还有上联设问，下联回答的楹联；也有全联都是设问，不给出回答的楹联。

设问可以启发读者，引起读者继续阅读楹联的兴趣；同时还可以加重楹联语气，表达更为深沉、激烈的情感；一些有趣的设问，还能让楹联变得幽默而富于感染力。

在楹联中使用设问修辞时，需要注意时机，有必要时才去设问，不能为了设问而设问。通过设问能更好地表达内容，才是我们在楹联中使用设问的主要目的。

　　运用各种修辞手法，可以为楹联增色添彩，但如果乱用修辞，也可能会破坏原本完整的楹联。因此，在运用修辞手法时，一定要从创作的目的出发，多考虑楹联的完整性，不能为了用修辞而用修辞。

六、用现成的楹联创新

用已有的楹联创造出新楹联，并不是一种"偷懒"的做法。这种方法如果运用得当，也可以创作出优秀的楹联。

用典、集句等，都是以现成词句推陈出新的一种楹联创作方法。除了这些方法，把旧有楹联进行改编创造，也能创作出好的楹联。

上联：门对千根竹

下联：家藏万卷书

这是明代文学家解缙为自家写的春联。"门对千根竹"是说他家门前有一片竹林，但这片竹林并不属于他，而是当地的一位富商所植。"家藏万卷书"是说他家藏书众多，强调自己是文化人。

富商看到解缙将自己种的竹林"借为己用"，非常生气，便将竹子全砍了。竹林没有了，看解缙还怎么说他家门前有"千根竹"。

解缙看到家门前的竹子都被砍了，摘下了自己家的春联，然后在上面添了两个字，又重新挂了出去。

上联：门对千根竹短

下联：家藏万卷书长

只用两字，解缙便让自己的春联展现出新的意思。这让富商更加恼火了，他一怒之下，命人将自己种的竹子都连根拔起，让解缙家门前变成空荡荡的一片，看他还怎么提竹子的事。

解缙看到富商把竹子都连根拔断了，又摘下了自己家的春联，在上面添了两个字，重新挂了出去。

上联：门对千根竹短无

下联：家藏万卷书长有

又是只用两字，解缙又一次让自己的春联展现出了新的意思，这一次富商彻底没办法了，只能白白损失了一片竹林。

可以看出，解缙后两副楹联都是在第一副楹联的基础上加工创造出来的。每次只用两字，便让楹联表现出新的意义，这便是运用已有楹联创新的一种典型方法。

上联：行节俭事

下联：过淡泊年

上联：早行节俭事

下联：不过淡泊年

这两副楹联虽只有两字之差，但所表达的意义却完全不同，其创新的方法与解缙改编楹联的方法是一样的。除了这种方法外，还有一种通过不同的断句来创造新楹联的方法，也较为常见。

上联：明日逢春，好不晦气

下联：终年倒运，少有余财

这副楹联又是"好不晦气"，又是"少有余财"，相信没有人会喜欢。其实，只要我们对这副楹联的断句稍做调整，其表达的意思就会不同。

上联：明日逢春好，不晦气

下联：终年倒运少，有余财

既"不晦气"，又"有余财"，这副楹联表达的就是一种积极向上的意思了。上下两副楹联只是断句发生了变化，表达的意义便完全不同，这也是一种对旧有楹联的创新改造了。

附录

中国楹联学会
《联律通则(修订稿)》

联律通则（修订稿）

中国楹联学会

引　言

楹联是中华文化宝库中的独立文体之一，具有群众性、实用性、鉴赏性，久盛不衰。楹联的基本特征是词语对仗和声律协调。

为弘扬国粹，我会集中联界专家将千余年来散见于各种典籍中有关联律的论述，进行梳理、规范，形成了《联律通则（试行）》。在一年多的试行实践基础上，又吸纳了各方面的意见进行修改，制订了《联律通则（修订稿）》。现经中国楹联学会第五届第十七次常务办公会议审议通过，予以颁发。

第一章　基本规则

第一条　字句对等。一副楹联，由上联、下联两部分构成。上下联句数相等，对应语句的字数也相等。

第二条　词性对品。上下联句法结构中处于相同位置的词，词类属性相同，或符合传统的对仗种类。

第三条　结构对应。上下联词语的构成、词义的配合、词序的排列、虚词的使用，以及修辞的运用，合乎规律或习惯，彼此对应平衡。

第四条　节律对拍。上下联句的语流一致。节奏的确定，可以按声律节奏"二字而节"，节奏点在语句用字的偶数位次，出现单字占一节；也可按语意节奏，即与声律节奏有同有异，出现不宜拆分的三字或更长的词语，其节奏点均在最后一字。

第五条　平仄对立。句中按节奏安排平仄交替，上下联对应节奏点上的用字平仄相反。单边两句及其以上的多句联，各句脚依顺序连接，平仄规格一般要求形成音步递换，传统称"平顶平，仄顶仄"。如犯本通则第十条避忌之（3），或影响句中平仄调协，则从宽。上联收于仄声，下联收于平声。

第六条　形对意联。形式对举，意义关联。上下联所表达的内容统一于主题。

第二章　传统对格

第七条　对于历史上形成且沿用至今的属对格式，例如，字法中的叠语、嵌字、衔字，音法中的借音、谐音、联绵，词法中的互成、交股、转品，句法中的当句、鼎足、流水等，凡符合传统修辞对格，即可视为成对，体现对格词语的词性与结构的对仗要求，以及句中平仄要求则从宽。

第八条　用字的声调平仄遵循汉语音韵学的成规。判别声调平仄遵循近古至今通行的《诗韵》旧声或现代汉语普通话的今声"双轨制"，但在同一联文中不得混用。

第九条　使用领字、衬字、介词、连词、助词、叹词、拟声词，以及三个音节及其以上的数量词，凡在句首、句中允许不拘平仄，且不与相连词语一起计节奏。

第十条　避忌问题。（1）忌合掌。（2）忌不规则重字。（3）仄收句尽量避免尾三仄；平收句忌尾三平。

第三章　词性从宽范围

第十一条　允许不同词性相对的范围大致包括：

（1）形容词和动词（尤其不及物动词）；

（2）在以名词为中心的偏正词组中充当修饰成分的词；

（3）按句法结构充当状语的词；

（4）同义连用字、反义连用字、方位与数目、数目与颜色、同义与反义、同义与联绵、反义与联绵、副词与连词介词、连词介词与助词、联绵字互对等常见对仗形式；

（5）某些成序列（或系列）的事物名目，两种序列（或系列）之间相对，如自然数列、天干地支系列、五行、十二属相，以及即事为文合乎逻辑的临时结构系列等。

第十二条　巧对、趣对、借对（或借音或借义）、摘句对、集句对等允许不受典型对式的严格限制。

第四章　附则

第十三条　本通则作为楹联创作、评审、鉴赏在格律方面的依据。由中国楹联学会解释。

第十四条　本通则自 2008 年 10 月 1 日起施行。2007 年 6 月 1 日公布的《联律通则（试行）》同时废止。